O ABECEDÁRIO NUMEROLÓGICO DA MAGIA (MIRAÇÃO)

Josué Geraldo Botura do Carmo

1991

“Perguntaram, certa vez, a um iluminado:
- O que aconteceu, quando você recebeu a iluminação?
- Nada – respondeu – tomei uma xícara de chá”.

SUMÁRIO

VIVEMOS EM UM MUNDO SEM FRONTEIRAS É UM
AMPLO
JARDIM MUITO VERDE AO REDOR PRÓXIMO
UMA
CACHOEIRA AO LONGE O MAR AGORA À BEIRA
DO
ABISMO FICAMOS ABISMADOS COM TUDO O
QUE
ACONTECE AO REDOR É UMA MIRAÇÃO VIVEMOS
SEM
GOVERNO DESGOVERNADAMENTE LIBERTOS
DOS LAÇOS
TRADICIONAIS DA FAMÍLIA DESCOBRINDO E
COMPARTILHANDO A MAGIA QUE HÁ NO DIA A DIA
A MAGIA DA TERRA QUE NOS ACONCHEGA E ALIMENTA
A MAGIA DA ÁGUA QUE NOS PURIFICA E ALIMENTA
A MAGIA DO AR QUE NOS VIVIFICA E ALIMENTA
A MAGIA DO FOGO QUE NOS AQUECE E ALIMENTA
TODOS OS ANIMAIS VIVEM LIVRES
NA TERRA
NA ÁGUA
NO AR
A LINGUAGEM É DIRETA SEM VOLTINHAS NAS
PONTAS VAI
E FICA ABOLIMOS OS SUBSTANTIVOS
PRÓPRIOS E COM
ELES FORAM ABOLIDOS OS PRONOMES DE
TRATAMENTO E
OS VERBOS NO IMPERATIVO NADA AQUI É
IMPERATIVO
ABOLIMOS O MASCULINO E O FEMININO E COM
ISSO
FORAM ABOLIDOS OS PRONOMES POSSESSIVOS
APARENTEMENTE NADA TEMOS MAS NADA NOS
FALTA
TEMOS O SUFICIENTE EM DEMASIA
ABRACADABRA

BRACADABRA
RACADABRA
ACADABRA
CADABRA
ADABRA
DABRA
ABRA
BRA
RA
A

SABEMOS QUE É DIA PORQUE ESTÁ CLARO
SABEMOS QUE É NOITE PORQUE ESTÁ ESCURO
COMEMOS QUANDO SENTIMOS FOME
BEBEMOS QUANDO SENTIMOS SEDE
TODOS OS NOSSOS DESEJOS SÃO REALIZÁVEIS
DESENVOLVEMOS A REALIZAÇÃO DA VONTADE
DANÇO NUMA ATITUDE DE PASSE DE MÁGICA
SALABIM BIM BIM
SALABIM BIMBIM BIMBIM
O SEGREDO DA MAGIA ESTÁ NO DOMÍNIO

T M

E O E

O S

M P M

V I P O
O Ç E

T N A

É UM JOGO QUE NINGUÉM PODE EXPLICAR CADA

QUAL TEM QUE ENTENDER POR SI PORQUE
AQUI NÃO EXISTE HIERARQUIA NÃO
EXISTE PATERNALISMO NÃO EXISTEM MESTRES
E NEM DISCÍPULOS É SÓ
DOMINAR OS ELEMENTOS ACIMA E TUDO SE REALIZA
COMO NUM PASSE DE MÁGICA DE
ACORDO COM OS DESEJOS SINCEROS
BOOM!
A MAGIA É O PRESENTE
A MAGIA ESTÁ PRESENTE O PRESENTE É AGORA
NÃO HÁ NADA MAIS LINDO QUE UM PRESENTE
QUE A MAGIA DEPOIS DE DOIS MIL ANOS
APRENDEMOS A FAZER MÁGICAS VOCÊ
TRAÇA O DESTINO AO ACASO VOCÊ
ESCUTA UM BOOM! E AÍ TUDO SE REALIZA
COMO NUM PASSE DE MÁGICA

SIM SALABIM BIM BIM

ABRACADABRA OLHO DE CABRA DAQUI DO
ALTO DESTE PENHASCO VISLUMBRAMOS O
MUNDO TODO SÃO INFINDÁVEIS CAMINHOS
QUE NOS TRAZEM À MAGIA AO EQUILÍBRIO DE
TODAS AS ENERGIAS AO EIXO MONTAMOS E
DESMONTAMOS SÍMBOLOS DECIFRAMOS
ENIGMAS ADIVINHAMOS TUDO O QUE ESTÁ
ACONTECENDO AGORA
AVANÇA E VOLTA CONTINUA CONTINUA
AVANÇA E VOLTA CONTINUA CONTINUA

UM

SOMOS AEROBATAS VIVEMOS NO AR POR
ORA TOCAMOS FLAUTAS E DANÇAMOS NA
ATMOSFERA LIVRE ADIVINHAMOS SOMOS
AERONAUTAS CANTAMOS AFINANDO-NOS COM OS
SERES DO AR VEM UM VENTO
ÁFRICO SINTO UM PEQUENO
AEROMOTO RESPIRO FUNDO FUNCIONA
COMO UM AFRODISÍACO SURGE
VÊNUS COM TODO O SEU
ESPLENDOR DANÇAMOS
AGAIATADAMENTE TOCANDO GAITAS NADA
SEGUE OS PRINCÍPIOS DA GEOMETRIA A
EXISTÊNCIA DILATA-SE O AR ATRAI O AR A
TERRA ATRAI A TERRA A ÁGUA ATRAI A
ÁGUA O FOGO ATRAI O FOGO OS
PÁSSAROS VOAM E CANTAM NO AGRESTE FAÇO
UMA PREDIÇÃO OLHANDO OS CAMPOS
ADIVINHO SOU UM AGROMANTE VOU ATÉ A
FONTE E BEBO ÁGUA TOMO UM
BANHO DESCUBRO TODO O SEGREDO DO
UNIVERSO NÃO CARREGO MAIS ÁGUA EM
CESTOS TUDO PARA MIM TORNOU-SE
CLARO COMO ÁGUA VIVER AGORA É
FÁCIL COMO ÁGUA TUDO
FLUI CHOVE RECOLHO O PERFUME DAS
FLORES SILVESTRES E FAÇO UMA ÁGUA-DE-
CHEIRO FAZEMOS UMA FESTA À
RENOVAÇÃO DAS ÁGUAS ÁGUAS PASSADAS NÃO
VOLTAM MAIS ACUERA MERGULHO NA ÁGUA-
REDONDA CANTO E DANÇO AOS MARES ÀS
CHUVAS AS ÁGUAS SELVAGENS
CORREM E EU VOU NAS ÁGUAS DEITO
NA RELVA E ADORMEÇO ALAGARTADO SONHO
COM UMA AGUARELA UMA GRANDE ÁGUIA

SOBREVOA OS SONHOS DÁ UM GRITO
AGUITARRADO ALO TOCO
ALAÚDE ROMPE A AUTORA ALVA ESCREVO
UM POEMA ALBIFLORO TOCAM
ALBOQUES CANTO E
DANÇO SALABIM BIM BIM SALAB
IM BIMBIM BIMBIM
SINTO-ME ALEGRADO É UM BRINQUEDO
ALEGRATIVO PASSEIO ALEGRE PELOS
ALEGRETOS E CANTO ENTRE O ANDANTE E O
ALEGRO DANÇO POR ENTRE
ALÉIAS DEITO-ME À SOMBRA DE UMA
ÁRVORE ALELUIO-ME SOBRE A
ALFOMBRA VEJO AS SETE ESTRELAS DO
ASTERISMO DAS PLÊIADES É UMA PAISAGEM
ALCÔNICA
ALDEBARÁ
ALDEBARÁ
SURGE UM GALO JOGO GRÃOS DE MILHO NO CHÃO
SOBRE LETRAS ELE VAI COMENDO O MILHO E
FORMANDO PALAVRAS LIGO AS
PALAVRAS LEIO É UMA
ALEGORIA BRINCO COM AS
PALAVRAS MONTO E DESMONTO O QUEBRA-
CABEÇAS CADA PEÇA É UM
SIGNIFICANTE ALIMENTO-ME COM ALIMENTO DE
POUPANÇA ALINDO-ME COM
ALIZARINA SINTO UM ORVALHO NO CORPO
NU DANÇO ABRO A ALMA PASSA UM
ALMA-DE-GATO VOANDO É VERMELHO-
CASTANHO E TEM UM BRILHO PURPÚREO CANTO
UM IMPROVISO E DANÇO TUDO É
ALMEJÁVEL NA MAGIA HÁ UMA ALMENARA EM
CADA CAMINHO HÁ UMA ALMISCAREIRA EM CADA
BOSQUE QUE NOS CRIA NOS
ALIMENTA E NUTRE COM PERFUME EU ME
ALMISCARO COMO ALMOJÁVENA E BRINCO
DE ALMOLINA A MÁGICA DISPENSA

DEMONSTRAÇÕES ELA É EVIDENTE É O ÓBVIO É COMO O PÓLEN DE UMA FLOR QUE VAI TER AO ESTIGMA DE OUTRA ALRUCABÁ
VEJO ALTOS-CÚMULOS NO ALTO TOMO UM COPO DE ALUÁ E FICO MEIO ALUADO ALUCINADO É ALUCINANTE SINTO UM ALUMBRAMENTO TUDO SE ALUMIA FAÇO UMA ALUNISSAGEM TUDO FICA ALVOROÇADO AO ALVORECER TORNO-ME TAMBÉM UM ALVOROÇADOR SEMEIO AMAS ROXAS E VERMELHAS NO JARDIM SINTO A ESSÊNCIA DA VIDA RAIA A MANHÃ ROMPENDO O DIA AMANHEÇO FELIZ BRINCO DE AMARELINHA COLHO UMA FLOR ARROXEADA DA AMARGOSEIRA ESTOU AMARINHANDO-ME TORNO-ME AMARINHEIRADO AMAROTADO AMARRO-ME NO MAR FICO MEIO AMARROADO SINTO UMA AMATIVIDADE MUITO GRANDE INVENTO CANÇÕES AMATÓRIAS COMO AMBRÓSIA AMBULO PELO AMBULACRO AMBULATIVAMENTE O CLIMA É
AMENO AMISTOSO AMIUDAMENTE AM IÚDO A VIDA VEJO A FINA MEMBRANA QUE A ENVOLVE ADIVINHO PENETRO NA AREIA ENCONTRO-ME COM AMÓDITAS CAIO EM MODORRA AMOLECADAMENTE SONHO AMONTANHO-ME É UMA AVENTURA AMOROSA FAZEM AMOR SÃO UNS AMORES COMEM AMORAS AMORALISTICAMENTE AMORATIV OS E AMORÁVEIS UM PÉ DE AMOR-DE-MOÇA DE FLORES RÓSEAS COMPLETA A PAISAGEM MAIS AO FUNDO UM AMOREIRAL SÃO TODOS AMORENADOS E CHEIOS DE AMORES DE REPENTE UMA

AMORFIA NASCE UM AMOR-
PERFEITO AMORUDAMENTE CHEIRO UMA
AMOSTRINHA ESPIRRO VEJO UMA
AMPELÁGUA AMPLIO-ME PROJETO-
ME TORNO-ME AMPLO DILATO-ME
MAIS TORNO-ME UM AMPLIATIFORME UMA
AMPLIDÃO VASTA FAÇO UMA AMPLIFICAÇÃO
SOBRE AMPLIFICADORES COM TODA A
AMPLIDÃO COMPLETO O AMPLO
AZIMUTE VEJO UMA ANÃ-BRANCA UM
ANAMBÉ COME FRUTAS DA
ÁRVORE ANDO AVISTO UMA ANCUSA
FLORIDA DE FLORES AZUIS
OUTRA ANDÁ-AÇU DE FLORES
BRANCACENTAS ANDO EM ANDAMENTO ENTRE O
ADÁGIO E O ALEGRO ANDANTINAMENTE E
ANDA-QUE-ANDA CHEGO A UMA REGIÃO DE
ANDARES ANDEJO PELAS AREIAS AVISTO
UMA ANDIROBA DE FLORES PEQUENAS AMARELAS E
VERMELHAS UM ANDORINHO POUSA EM UM DOS
GALHOS OLHO PARA O CÉU AO SUL DA
CONSTELAÇÃO DE CASSIOPÉIA AVISTO
ANDRÔMEDA VOU POR UM ANDURRIAL CHEIO
DE ANDUZEIROS CHEGO EM UMA REGIÃO
ALAGADA O DIA COMEÇA A ANEGAR OS
ANÉIS DE SATURNO FICAM VISÍVEIS NO CÉU VEJO
ATÉ MESMO O ANEL FANTASMA FAÇO UM
ANELO O VENTO SOPRA
SEGREDOS ASSISTO A UMA
ANEMOLOGIA SÃO ERVAS EXÓTICAS EM
UMA ÁREA ANESFÉRIA É
ANESTESIANTE COLHO
ANETOS APARENTEMENTE ESTE TEXTO É UM
ANFIGURI MAS AOS OLHOS DA MAGIA TUDO
MUDA TOCO ANGÓIA E DANÇO
JONGO ANGUIFORMEMENTE TUDO SE
ANILA FICO ANIMADO TORNO-ME UM
ANIMALISTA IMPRIMO O

MOVIMENTO ANIMO O MEU DESENHO AO
VENTO OS PERSONAGENS ANIMAM-SE E
CORREM PELOS CAMPOS AFORA CORRE ANIME
NO TRONCO DAS ÁRVORES O PERFUME ANIMA-
SE A CONTINUAR POR AQUELE CAMINHO COLHO
ANIS PREPARO ANISETE A VIDA FICA
ANISADA TORNO-ME ANOÉTICO TUDO
ANOUGUEIRA-SE E FICA
ANOUGUEIRADO VIVEMOS A
ANOMIA SOMOS ANÔMICOS
ESTRALO OS DEDOS
A NEVE CAI VISTO UM ANORAQUE ARMO A
ANTENA DIRECIONAL VISLUMBRO AS
EXTREMIDADES INTERNAS DOS ANÉIS DE
SATURNO ASSISTO A UMA ANTESE E
COMPREENDO QUE TUDO PODE FLORESCER AO
ANTICREPÚSCULO APARENTEMENTE ISTO É
UMA ANTILOGIA MAS AOS OLHOS DA MAGIA TUDO SE
TRANSFORMA É ANTES UMA ANTÍTESE AO
CONTRÁRIO DO CONTRÁRIO DO
CONTRÁRIO TORNO-ME UM ATÓFAGO FAÇO
UMA ANTOGRAFIA E ESCREVO UMA
ANTOLOGIA ACENDEMOS UMA
FOGUEIRA PRATICAMOS
ANTRACOMANCIA SOMOS
ANTRACOMANTES UM ANUM ANURO FAZ UMA
ANUNCIAÇÃO TUDO FICA
ANUVIADO SOMOS AGORA
APANTOMANTES PARENTES SÃO TODOS AQUELES
QUE SE PARECEM AQUI TODOS SÃO PARECIDOS
PELA AUTENTICIDADE O TERRENO VAI
APAULANDO-SE NOVAMENTE SURGE UM APÉ E
UM APÊ APERTAMOS O
PASSO APETECIDAMENTE E ACOLHEMOS
APETITOSO MEL DO APIÁRIO DOS APÍDEOS NO
ÁPICE DA MONTANHA DESCEMOS ATÉ O
APICUM BRINCAMOS COM OS
APLACÓFOROS FICAMOS

APLASTADOS APLAUDIMOS O MOMENTO
APLAUDÍVEL COM MUITOS APLAUSOS ISTO NÃO
É UM APÓCRIFO APODÍDEOS VOAM
EXTREMAMENTE RÁPIDOS APORTAMOS EM UMA
ILHA TODA APORTELADA É APRAZÍVEL
APORTAR AQUI AGORA FICAMOS
APRECIANDO COMO UM APRECIADOR APRECIA O
APRECIÁVEL APRESENTADO DIANTE DE
NÓS APROAMOS APROCHEGAMO-
NOS APROFUNDAMO-NOS NA PÚRPURA É UMA
AQUARELA MERGULHAMOS NA
COR TORNAMO-NOS UM
AQUICOLA CHEGAMOS SEM AQUILÃO HÁ UM
BOSQUE DE AUILÉGIAS BEBEMOS UM COPO DE
AQUIQUI SAÍMOS A TOMAR UM
AR COMEMOS ARAÇÁ NO ARAÇAZAL
ARAKA`TU
ARA`SI WI RÁ
UMA ARAGEM LEVA-NOS PARA O AR JUNTO A UM
BANDO DE ARAPONGAS E ARARAS LÁ EMBAIXO
UM REBANHO DE ARATANHAS AO FUNDO UM ARCO-
ÍRIS ACIMA ARCTOS SENTIMOS UMA LEVE
ARDÊNCIA ARDOROSAMENTE NOS
ABRAÇAMOS SOBRE UMA ARDÓSIA DESCEMOS
AO AREÃO FICAMOS AREADOS COM TANTA
BELEZA UM BOSQUE DE ARECA SENTAMO-NOS
EM UM BANCO DE AREIA FICAMOS
AREJADOS DECIDIMOS SER
ARENÁRIOS TORNAMO-NOS
ARENIFORMES CANTAMOS
ARENSADAMENTE CONSTRUÍMOS UMA
ARÉOLA MUDAMOS PARA ARES
ARGÊNTEOS UM BOSQUE DE
ARGENTIFÓLIOS É UM AR ARGÍRICO SURGE
UM ARGIRÓ SURGE ARGO TOMAMOS LUGAR
JUNTO À TRIPULAÇÃO NAVEGAMOS
OUSADAMENTE ARGUTAMENTE CANTAMOS
UMA ARIETA HÁ UMA ARIRANA POUSADA

EM UM ARIRI COBERTA DE
ARISTOLOQUIÁCEAS UM ARLEQUIM HARPISTA
PRATICA ARITMOMANCIA DEBAIXO DE UMA
AROEIRA É UMA ALERQUINADA UM AROMA
AROMATICAMENTE AROMÁTICO FAZ UMA
AROMATIZAÇÃO AROMATIZANTE HARPEJO UMA
HARPA MOVEMO-NOS NO SOM ATÉ O
ARQUIPÉLAGO ARQUITETAMOS UM PLANO
ARQUITETÔNICO É UM
ARRAIAL ARRAIGAMOS AQUI NA ARRANCHAÇÃO
E NOS ARRANCHAMOS NOS
ARRANJAMOS E FAZEMOS UM ARRASTA-
PÉ E NOS ARRASTAMOS A NOITE
TODA ARRAZOANDO ARREBATADAMENTE PI
NTAMO-NOS COM ARREBIQUE FICAMOS
ARREBOLADOS ASSISTIMOS A UM
ARREBOL FICAMOS ARREITADOS QUANDO
VÊNUS APARECE NO CÉU
ESPLENDOROSAMENTE FAZEMOS UMA
ARRELIA TOMAMOS ARROBE PARA
FESTEJAR É UMA FESTA DE
ARROMBA TOCAMOS VIOLAS E SENTIMOS O
ARROUBO SALABIM BIMBIM BIM
BIM
É UMA ARRUAÇA SOBRE OS CANTEIROS DE
ARRUDA ENCONTRAMOS UMA ARRÚZIA
ARRUIDOSAMENTE BANHAMO-
NOS ARRULHAMOS FAZEMOS
ARTE TEMPERAMOS TUDO COM ARUBÉ À
VISTA DA ARUEGA APROVEITAMOS PARA
ARVOREJAR A REGIÃO COM ÁSAROS NAS PEDRAS
ESPLÊNIOS NOS DEIXAM
ASSANHADOS ASSELVAJADAMENTE ASSISTIMO
S A UMA
ASSIFONOGAMIA ASSIMÉTRICA FAZEMOS
UM SOM ASSINÓTICO
ASSISTIMOS

ASSOBIAMOS UMA MELODIA À VISTA DE UMA
ASSOCIAÇÃO DE ESTRELAS FICAMOS
ASSOMBRADOS ASSUNTAMOS O ASSURGENTE A
ASSURGIR ASSUSTADORAMENTE ERA UM
ASTERISMO FORMADO DE
ASTERÓIDES APENAS UMA VISÃO
ASTRAL CAI UM METEORITO GIGANTE CAUSANDO
UM ASTROBLEMA PRATICAMOS
ASTROMANCIA SOMOS ASTRONAUTAS COM
MUITA ASTÚCIA COLHEMOS ATAS
ATABACADAS AO SOM DE
ATABAQUES ATABALHOADAMENTE CANTA
MOS ATENORADAMENTE FICAMOS
ATENTOS ATENUAMOS ATERMAMOS A
VIAGEM FAZEMOS UMA ATERRISSAGEM
ATILADA ATINAMOS PARA O
ATINGÍVEL ATIPICAMENTE ARROJADAMEN
TE NUM ATITO ATIVO CONSULTAMOS O
ATLAS CELESTE ATLETICAMENTE PRATICAMOS
UM ATO DE
LIBIDINAGEM ATOADAMENTE SOBRE UM
ATOL ATOLADIÇO FICAMOS
ATOMIZADOS DESCOBRIMOS ATÔNITOS A
ATONAMIDADE ATRACAMOS ATRATIVAM
ENTES ATRAVESSAM O CAMINHO
ATREMADAMENTE SÃO
ATREMADOS ATREVO-
ME ATREVIDAMENTE TUDO SE
ATRIGA ATRIGUEIRADAMENTE NO
TRIGAL UMA TROADA BOOM! QUE FAZ
TROAR É UM GRANDE
ATRÔO ATUAL AUDACIOSO É
INESQUECÍVEL O SONHO OUÇO O AUGE DO
SOM AUDÍVEL E AUGURO TOCO AULO OUÇO
UMA AULODIA VAI AUMENTANDO AUNO A
ÁUREA AURA E FAÇO UMA AURÉOLA
AURICOLOR TORNO-ME AURÍCOMO PISO
UM TERRENO

AURÍFERO AURIFULGENTE CONTEMPLO
AURIGA AURILUZO A AURA AURIRROSADA
FAZ AURORESCER É A IDADE DO OURO QUE
SURGE SINTO A AUSÊNCIA DA
GRAVIDADE AUSENTO-ME AUTO-
ANALISO ESCREVO UMA
AUTOBIOGRAFIA SINTO-ME UM
AUTÓCNE AUTO EROTIZO-ME É UMA
AUTOFILIA SOU UM AUTÓGENO SOMOS
AUTÔNOMOS INVENTO UM AUTO-
RETRATO SOMOS AUTOTÉLICOS
A VIDA PELA VIDA PELA VIDA PELA VIDA AVANÇA
E VOLTA E
VOLTA CONTINUA CONINUA AVANÇA E
VOLTA CONTINUA CONTINUA AVANÇA E
VOLTA CONTINUA CONTINUA COLHO UM
TALO DE AVEIA E FAÇO UMA AVENA SENTADO
SOBRE AVENCAS
AVENTURO AVENTUROSAMENTE AVENTURADO
SOU AVENTUREIRO VENTUROSO PENETRO
NO AVERMELHADO AVERMELHO-
ME AVERNALMENTE AVERTO-ME AVESSO-ME
DIANTE O ESPELHO AVIO A RECEITA NO
AVIÁRIO CHEIO DE AVES
ÁVIDAS AVIGORAMO-NOS COM O
PERFUME AVINHADO TOMO DO VIOLÃO E FAÇO
UM SOM AVIOLADO AVISTAMOS O AVISTÁVEL E
AVIVAMO-NOS AVIZINHADAMENTE AVOCAMO-
NOS AVOLUMAMO-NOS À
VONTADE AVOZEAMOS AVULSAMENTE AVULTA
DOS ISSO É UM AXIOMA ENFEITAMO-NOS
COM AXORCAS FICAMOS AXORCADOS É
UM MOMENTO AZADO E NÃO HÁ AZÁFANA NESTE
CAMPO DE AZALÉIAS COLHEMOS AZEITONAS COM
ARES AZEITONADOS TUDO FICA
AZEVICHADO AZOUGAMO-NOS PASSA
UM AZULÃO E DEIXA TUDO AZULADO SOPRA
O VENTO UM SEGREDO O EIXO AFUNDO O

PÉ NA TERRA PARA RECEBER TODO O CALOR PÉ
QUENTE CABEÇA FRIA O
EQUILÍBRIO MASCAMOS FOLHAS DE
JABORANDI DEBAIXO DAS JABUTIAS DEPOIS
CHUPAMOS JABUTICABAS NO
JABUTICABAL DESCANSAMOS DEBAIXO DA
JAQUEIRA DENTRO DO JACÁ AO CANTO DO
JAÇANÃ PERFUMAMO-NOS COM JACAPÉ CRESCE
UM JACARANDÁ OS JACARÉS
DORMEM SOBRE AS PEDRAS DO RIO UMA
JAGUATIRICA PASSEIA POR ENTRE
JACATUPÉS AO LONGO JACIS E UM MONTE
COBERTO DE JACINTOS BEBEMOS
JACUBA ENFEITAMO-NOS COM JADES AS
JANDAÍSAS RECOLHEM NÉCTAR DAS
JAMBEIRAS VAMOS PASSEAR DE JANGADA
COBERTA DE JAPÁ APORTAMOS EM UM BELO JARDIM
DE FLORES
AZUIS ROXAS AMARELAS BRANCAS
VERMELHAS DANÇAMOS UM JERÊ SOBRE
JASPES PERFUMAMO-NOS COM JASMIM É
UMA TARDE JÁSPEA DANÇAMOS
JAZZ DEPOIS UM JEGUEDÊ É UMA
JIGA É UMA JIQUIPANGA ENFEITADOS
DE JOIAS DA CABEÇA AOS PÉS UMA FONTE
DE ÁGUAS CRISTALINAS JORRA DA VERTENTE DE UMA
PEDRA O CLIMA É JOVIAL DE GRANDE
JÚBILO JÚPITER APARECE NO CÉU JURITIS
ARRULHAM JUVENESCEMOS
ATIVAMENTE PASSIVO
PASSIVAMENTE ATIVO
UM PASSEIO DE CANOA AO SOL ARDENTE DO MEIO DIA
LAGARTEANDO TANTA INÉRCIA EM TANTA
VIDA TODO SER VIBRA INERTE EROS E
THANATOS SE ENCONTRAM
SER
A VIDA ENTRA PELAS NARINAS MORA NO
SEXO SOBE ATÉ A CABEÇA POR

KUNDALINI DESABROCHAMOS TORNAMO
-NOS BORBOLETAS
SOMOS
TOMAMOS UMA XÍCARA DE CHÁ EIS O SEGREDO
DA ILUMINAÇÃO É A TRANSMUTAÇÃO O
CHUMBO SE TRANSFORMA EM OURO É O ELIXIR
DA VIDA

SI LÁ SOL FÁ MI RÉ DÓ
SI
CANTA UM SABIÁ POR ENTRE
SABIÁCEAS SABOREAMOS
SACOPARIS DANÇAMOS SAIRÉ TOMAMOS
DO SAL E PRATICAMOS
SALIMANCIA SALTAMOS POR ENTRE SALVAS E
SAMAMBAIAS DANÇAMOS UM
SAMBA BANHAMO-NOS COM SÂNDALO AO
SOM DE UMA
SANFONA SAPATEAMOS DORMIMOS
SOBRE O SAPÉ AO SOM DO COAXAR DOS
SAPOS AO
AMANHECER SARABANDEAMOS SABOREAND
O SAQUÊ ALGUNS TOCAM
SARRUNOFONE SURGE SÁTIRO DO MEIO
DA SELVA SELVAGEM FICAMOS
SATISFEITOS SATURNO FAZ-SE OURO É A
TRANSMUTAÇÃO SINTO SAUDADE DE
ALGUÉM OUVIMOS O SOM SEDUTOR DE UM
SAXOFONE SEGAMOS O VENTO NOS CONTA
UM SEGREDO DANÇAMOS UMA
SEGUIDILHA E SEGUIMOS SEGUROS POR
ENTRE SEIBOS PARA O SEIO DA
FLORESTA PRATICAMOS
SELENOMANCIA SEMEAMOS EM SEMICÍRCULOS
SEMPRE-VIVAS PELA SENDA UMA SENSAÇÃO
SENSACIONAL AGUÇO A
SENSIBILIDADE SENSUALMENTE MEXENDO
COM OS SENTIDOS AO SOM DE UM SEPTETO NA

SEQUÊNCIA UMA
SERENATA SERENA DANÇAM TODOS OS
SERES DA FLORESTA
SILFOS SALAMANDRAS FADAS GNOMOS
PASSA UM BANDO DE SERIEMAS POR ENTRE
SERINGAIS SER-NO-
MUNDO DASEIN DA SEIN
BEBEMOS SICITE PRATICAMOS
SICOMANCIA FAZEMOS UMA VIAGEM
SIDERAL AQUECEMOS O FERRO E
PRATICAMOS SIDEROMANCIA É O SIGNIFICANTE
DO SIGNO SILENCIAMOS AO
SIGNIFICADO OS SILFOS NOS SOPRAM UM
SEGREDO SURGE UMA SILHUETA NO
AR CHEGAM SILVANOS SILVANDO
SILVESTREMENTE
SIM SIM SALABIM BIM BIM
SOLETRAMOS O SÍMBOLO SIMÉTRICO É O FIM DA
ERA DE PEIXES É O INÍCIO DA ERA DE
AQUÁRIO É O SINAL VERDE QUE DIZ PODE
PASSAR SINE CERA AVANÇAMOS
SINCRONICAMENTE OUVIMOS UMA SINFONIA
SINGELA SINGULAR
FAZEMOS UMA SÍNTESE E
SINTONIZAMOS É UMA MIRAÇÃO SÍRIO
SURGE NO CÉU AO SOM DE UM
SITAR SITUAMO-NOS FICAMOS A
SÓS SOAM VOZES SOBREVOAM
SOCOZINHOS BRILHA UMA LUZ COMO UM
SOL SAINDO DE DENTRO DA TERRA
SOL LÁ SI DÓ RÉ
RÉ DÓ SI LÁ SOL
FÁ MI SOL DÓ
É A SOLICITAÇÃO DO
MOMENTO SOLIDÃO SOLIDARIEDADE
SOLIDEZ A SOLIDEZ É O DIÁFANO É
O VAPOR QUE SOBE TRANSMUTANDO SOMOS O
SOLO CONFUNDIMO-NOS COM A TERRA SOMOS

TERRA SOLTAMO-NOS SALTAMOS PARA
COLOCAR O PÉ NO CHÃO É SÓ SOLTAR O CORPO E
AFUNDAR RELAXAR SALTAR SOLTAR É A
SOLUÇÃO UM SOM UM
MANTRA HARMONIA MELODIA RITM
O
É A MATERIALIZAÇÃO DA VIDA ATRAVÉS DE UMA
FORMA
TODA VIDA SE MANIFESTA ATRAVÉS DA FORMA
A VIDA É VIBRAÇÃO É MOVIMENTO UMA
SOMBRA UM
SOLCRIS SOLIDÃO PENETRAMOS EM UM
SOMBRAL AO SOM DE UMA
SONATA COMPOMOS UM
SONETO SONOLENTOS SONHAMOS INTE
RPRETAMOS OS SONHOS CONFUNDIMO-NOS COM
OS SONHOS SOMOS OS SONHOS SONHAMOS
APENAS QUE SONHAMOS QUE SONHAMOS QUE
SONHAMOS POR ENTRE SONERATIÁCEAS
SONORAS É MAIS UMA MIRAÇÃO SOPRA O
VENTO DANÇAMOS UM
SORONGO SORRIDENTES SORONGAMENTE
CHUPANDO SORVETES SOSSEGADAMENTE NA
BRISA SUAVE SUBIMOS SUBITAMENTE É UMA
SUBLIMAÇÃO O SÓLIDO SE TRANSFORMA EM
VAPOR É UM INSTANTE
SUBLIME SUBSISTIMOS
SUBSTANCIOSAMENTE EM SUBSTRATO
SUTIL ANDAMOS POR SUBTERRÂNEOS NA
SUBMATA SURGE
SURPREENDENTE SURPRESA É SUMÉ A
TANTO
SUMIDO SUSPENSE SUSPIRAMOS ...N
O PRINCÍPIO ERA ALAYA

DOIS

TOCAMOS BABA DEBAIXO DO BABAÇUAL VESTIDOS DE BABAL PARECE UM BABAÇUÊ BABAU A BABEL FICAMOS BABOSOS TIRAMOS AS BABUCHAS DOS PÉS ENTRAMOS NA BABUGEM AO REDOR BABUNHAS VEJO UMA BACABA SOLITÁRIA BEBEMOS BACABADA FAZEMOS UM BACANAL BACÂNTICO JOGAMOS BACARÁ BACOREJAMOS SUBIMOS NO BACURIPARI E FAZEMOS UM BADANAL É UMA BADERNA UM BAFAFÁ VEM UMA BAFAGEM BAFEJAMOS BAFORAMOS BAIA MOS UM BAIÃO TODOS ENTRAM NA BAILA BAILAMOS É UM BAILARICO TODOS BAILAM SOMOS BAILOMANÍACOS BAIOS TOCO BAIXÃO É DO BALACOBACO CANTAMOS UMA BALADA E DANÇAMOS UMA BALAINHA CARREGANDO BALAIOS NOS BRAÇOS TOCAMOS BALALAICA E SOLTAMOS BALÕES É UMA BALBÚRDIA PARECE UM BALÉ É UM LUGAR BALNEÁVEL BANHAMO-NOS BALSAMICAMENTE FICAMOS BAMBOS DANÇAMOS BAMBAQUERÊ É UM BAMBARÉ FAZEMOS UMA BAMBOCHATA E SEGUIMOS ATÉ O BAMBUAL COLHEMOS BROTOS DE BAMBU É UM BAMBÚRRIO SOMOS MESMO BAMBURRISTAS NESTE BAMBURRO VAMOS ATÉ O BANANAL FICAMOS MEIO EMBANANADOS VEM UMA BANDADA AO SOM DE UMA BANDA BANDARREAMOS EM BANDOS TOCANDO BANDOLIM PELAS BANDAS DO BANGALÔ DANÇAMOS BANGULÊ NO BANHADAL DEPOIS UM BANHO DE SOL AO SOM DO BANJO É UM BANQUETE

BÁQUICO UM BANZÉ UMA
BARAFUNDA DIANTE DO BANZEIRO AO
LONGE UM BAOBÁ E UMA BAPUANA MAIS AO
LONGE UMA BARCAROLA
BÁRDICA ULTRAPASSAMOS A BARREIRA DO
SOM OUVIMOS UM BARRITO VINDO DA
BARROQUEIRA BARROCA CAI UM BARRUFO
BARULHOSO BATEMOS UM PAPO AO
SOM DE UMA BATERIA COMENDO BATETÊ E
JOGANDO BATO CAMINHAMOS PELA
BATOQUEIRA FAZENDO UMA BATUCADA E
DANÇANDO BATUCAJÉ VAMOS POR UM
BECO CHEIO DE BEGÔNIAS BEGES E
BEIJA-FLORES COLORIDOS BEIJAMO-
NOS FAZEMOS BEIJU E PLANTAMOS
BELADONA FOMOS PARA O BELELÉU A BEL-
PRAZER SUBIMOS AO BELVEDERE ESTAMOS
DE BEM COM A VIDA UM PÁSSARO GRITA
B E M – T E – V I
AO SOM DO BERIMBAU COLHEMOS BERINJELAS
BERLINENSES ANDAMOS NA BERRA COM OS
BÉRNIOS BERRANTES É UM BERZABUM NOS
POMOS A BESTAR SOBRE BETESGA DO
BETERRABAL NAS HORAS VAGAS PRATICO
BIBLIOMANCIA NA BIBLIOTECA SOU UM
BIBLIOMANTE SOBRE A BICA O BICHO-
DA-SEDA FAZ O CASULO NO BICO-DE-
PAPAGAIO BICOLOR É UMA VISÃO
BIDIMENSIONAL PEGAMOS UM BIGU E VAMOS
BIGUAR É UMA BUSCA
DIGÚMEA ENCONTRAMOS MUITOS
BIJANILOS ENFEITAMO-NOS COM BIJUTERIAS
BILATERAIS JOGAMOS BILBOQUÊ ENQUANTO
CARREGAMOS DIAMANTES EM BILHAS NA
REGIÃO BIMARE AO SOM DO BINIÚ SOMOS
SERES
BIOLUMINESCENTES BISPAMOS CANTAMOS
UM BITU ENTRE O BIURÁ CHEGAMOS A UM

BÍVIO SOPRA UM VENTO
BLANDÍFLUO BLANDICIOSAMENTE É TUDO
BLAU QUANDO ESTAMOS ÀS BOAS BOM-
DIA BOA-TARDE BOA-NOITE SOMOS
BOASVIDAS ESTAMOS NA BOCA DA NOITE NA
BOCA DA SERRA FALAMOS À BOCA
PEQUENA DEPOIS BOTAMOS A BOCA NO
MUNDO E FICAMOS DE BOCA
ABERTA BRINCAMOS UM BOCADO DE BOCA-DE-
FORNO POR ENTRE BOCAS-DE-
LEÃO DESCEMOS PARA A BOCAINA REPLETA
DE BACAIÚVAS BOCEJAMOS PARECE UMA
BODIONICE MAS NÃO É É UMA
BODOCADA SOMOS BOÊMIOS NO VALE DE
BOGARIS BOIAMOS ENCONTRAMOS UM
BOITATÁ SAÍMOS COMO BOLA E ENTRAMOS
COM A BOLA E TUDO VOCÊ PENSA QUE EU ESTOU
TROCANDO AS BOLAS MAS A VISÃO FOI ASSIM
MESMO BOLAMOS UM PLANO TOMAMOS CHÁ DE
BOLDO BOLEAMOS NOSSOS
PLANOS DANÇAMOS UM BOLERO DE
BOLERO COMENDO BOLETOS VENENOSOS E
VAMOS JOGAR BOLICHE NA
BODEGA VISUALISAMOS UM
BÓLIDE BOLINAMOS SOBRE O BOLOR É
BOM UMA BOMBA FAZ BOOM! TOCAMOS
BOMBARDA E BOMBARDINO AO SOM BOMBÁSTICO
DE FOGOS DE ARTIFÍCIOS SOMOS
BOMBEIROS QUANDO TOCAMOS
BOMBO CRESCE UMA BOMÔNCIA DE BOM-
TOM É TEMPO DE
BONANÇA BONANÇAMOS FICAMOS
BONANÇOSOS BONGAMOS A BONITEZA É
BONITO VIVER A BONOMIA ATRAVESSAMOS O
BOQUEIRÃO FICAMOS BOQUIABERTOS COM A
VARIEDADE DE BORBOLETAS
BORBOLETEANDO TAMBÉM
BORBULAMOS BORDEJAMOS NO AR É UM

BORDEJO À BORDO AMANHECE
BORDÔ VOAMOS SOBRE BOROCOTÓS POR
ENTRE BORRALHARAS VEM UMA
BORRASCA FICAMOS BORRIÇADOS COM O
BORRIÇO PENETRAMOS NA
BOSCAGEM TORNAMO-NOS
BOSCAREJOS VIVEMOS NO
BOSQUE BOSQUEJAMOS UM BOSQUETE É
UMA BOSSA NOVA DANÇAMOS BOSTON E
PRATICAMOS BOTANOMANCIA SOMOS
BOTANOMANTES AGORA BOTAMOS PRA
QUEBRAR ENCONTRAMOS UMA BOTIJA DE
BRAÇOS ABERTOS BRADAMOS BRANDAMENTE O
ACHADO BRALHAMOS COM BRANDURA
BRANQUEAMO-NOS FICAMOS EM BRASA É
UM BRASUME APROVEITAMOS A BRECHA E
ENTRAMOS NA BRENHA CHEIA DE
BRETSCHNEIDERÁCEAS TUDO FICA ESCURO COMO
BREVE BREU SAÍMOS A TODA A BRIDA PARA
UMA REGIÃO BRILHANTE DE BRILHANTINAS É
UM BRILHANTISMO BRILHAMOS COM TODO
ESSE BRILHO ESPETACULAR BRINCAMOS
BRINCADOS DE BRINCOS POR ENTRE BRINCOS-DE-
PRINCESA BRINDAMOS AO BRINDE DA
VIDA À BRISA QUE NOS CONTA
SEGREDOS VESTIDOS DE BROCADO SOBRE
O BROCATELO DURANTE O
BRÓDIO BRONZEAMO-NOS FICAMOS
BRONZEADOS DA COR DO
BRONZE BROSLAMOS NOSSAS VESTES SENTADOS
NA BROTA ASSISTINDO A VIDA BROTAR É
UMA BRUAÁ SAÍMOS A BATER
BRUACAS DEBAIXO DA BRUEGA COLHENDO
BRUGALHAU NA BRUGUÉIA POR ENTRE AS BRUMAS
BRUMOSAS BRUNIMOS OS BRUGALHAUS
BRUNOS BRUSCOS BRUTOS BRUXEAMO
S À LUZ BRUXULEANTE VESTIDOS DE
BUBU BUBUIANDO É UMA VIVÊNCIA

BUCÓLICA BUCOLIZAMOS AVISTAMOS OS
BUCONÍDEOS AO LONGE POR ENTRE AS
BUENACHAS BUÇUS BUENA-DICHA OS
BÚFALOS CORREM EM BANDO BUFANDO POR
ENTRE BUFTALMUNS UM BANDO DE
BUFOS ACENDENDO UMA BUGIA AO SOM DO
BUJAMÉ OUVIMOS UM BURBURINHO POR
ENTRE BURIS BURILAMO-NOS NO
BURITIZAL BURLEQUEANDO BUZEGA TO
CA UM BÚZIO QUEM PROCURA ACHA
SALABIM BIM BIM SALABIM BIM BIM SALABIM BIM
BIM SALABIM BIM BIMSALABIM BIM BIM
BATICUM BATICUM BATICUM BATICUM
BATICUM BATICUM BATICUM BATICUM
BATICUM BATICUM
LÁVÔEULÁVÔEULÁVÔEULÁVÔEULÁVÔEULÁVÔEULÁVÔE
LÁVÔEULÁVÔEULÁVÔEULÁVÔEULÁVÔEULÁVÔEU
DE CÁ PRA LÁ DE LÁ PRA CÁ DE CÁ PRA LÁ DE LÁ PRA
CÁ DE CÁ PRA LÁ DE LÁ PRA CÁ DE CÁ PRA LÁ DE LÁ
PRA CÁ NUM MOVIMENTO CONTÍNUO NUM
CONTÍNUO
MOVIMENTO PERPÉTUO CONTÍNUO É A
RETOMADA O RESGATE BEBEMOS
KIRSCH ASSISTINDO A UM KYOGEN
COMEMORAMOS
CONTINUAMOS TACITAMENTE POR ENTRE
TAIOVAS AO SOM DE UM TAMBOR DANÇAMOS
UM TANGO TOMANDO TAPICURI E
COMENDO TAPIOCA TECEMOS A TEIA DO DESTINO
AO ACASO TOCANDO TEIRU COMUNICAMO-
NOS TELEPATICAMENTE AMEAÇA UM TEMPORAL
TENEBROSO ARMAMOS UMA TENDA VEM
UMA NEBLINA TÊNUE A VOLTA DA TERRA SEM
FRONTEIRAS É UM
TESOURO TESTEMUNHAMOS TIBUM! SUR
GEM TOCHAS ACESAS DE VÁRIAS
TONALIDADES SURGE UM COMETA
TRANSLUZENTE DO MEIO DA

FLORESTA SURGE ANANDA É A TERNURA
QUE ME COMOVE DA TORRE VISLUMBRO UMA
ALVA LUZ TORRENCIAL QUE ILUMINA TODO O
SER COMO NUM PASSE DE
MÁGICA TRAZENDO-ME DE VOLTA A
TERNURA É UM INSTANTE
TRANSCENDENTE SUBLIME É UMA
MIRAÇÃO NITIDAMENTE LUCIDAMENTE
DIANTE DE MIM E QUE ME
TRANSFORMA TRANSFIGURANDO-
ME FAZENDO TRANSPARECER O QUE
É FICO TRANSPARENTE TRANSPORTO-
ME TRANSBORDO FAÇO UMA
TRAVESSIA TREMELUZENTE OLHO PARA O
CÉU VEJO AS TRÊS-MARIAS SIGO A
TRILHA TRINAM AS AVES É UM MOMENTO
TRIUNFAL TROVEJA SOA UMA
TROMBETA OUÇO UMA TROVA DANÇAMOS
UM TUÍSTE POR ENTRE TULIPAS DE ALAYA
SURGE O UNIVERSO
NOVE PLANETAS GIRAM AO REDOR DE UM SOL

TRÊS

CAÁ
CAABOPOXI
CAAEÉ
ATRAVESSAMOS O CAAETÊ SEMEANDO
CAAGUAÇU E CHEGAMOS NO
CAAIGAPÓ NA REGIÃO DE
CAAJUÇARA PITAMOS OM O
CAAMANHA EM PLENO CAAOBI TOMAMOS
CHÁ DE CAAPI POR ENTRE
CAAPOMONGAS VESTIMOS CABAIA
CABAL
CANTAMOS UMA CABALETA AO REDOR DA
CABANA ANDAMOS COM A CABEÇA AO
LÉU POR ENTRE CABIÚNAS EM COMPANHIA
DOS CABORJEIROS BRINCAMOS DE CABRA-
CEGA FICAMOS
CABRIOLANDO CABRITADAMENTE POR
ENTRE CABRIÚVAS NOS POMOS A AREAR
CAÇAMBA CACAREJANDO DEBAIXO DO
CACAUEIRO ALI TOMAMOS UM
CACHIMBO CERCADOS DE
CACHIMBOS CACHIMONIAMENTE BANHAM
O-NOS NA CACHOEIRA NADANDO
CACHORRINHO DEPOIS PARA
SECAR DANÇAMOS UMA CACHUCHA POR
ENTRE CACTOS
FLORIDOS CADENCIADAMENTE AVISTAMOS
UMA ESTRELA CADENTE DE NOVO O
CAETÉ SENTAMO-NOS DEBAIXO DE UMA
CAGAITEIRA DEPOIS EM VOLTA DE UMA
CAICURÁ BEBEMOS CAIÇUMA PASSA UM CAIPORA
CAIRARA COM UMA CAIXA DE MÚSICA NA
MÃO É UM CAJILA VAMOS PARA O
CAJUAL E BEBEMOS
CAJUÍNA CALADOS DEITAMOS NA

CALANDRINI VISLUMBRAMOS AS CALANDRÍNIAS JUNTO AOS
CALANGOS CALCOGRAFAMOS BANHAMO-NOS NUM CALDEIRÃO E VAMOS DESCENDO POR UM CALE CANTA UMA
CALHANDRA CHEGAMOS A UM CALHE CHEIA DE CALIANDRAS CALICROMAS FICAMOS CÁLIDOS PARECE UM CALEIDOSCÓPIO VEM UMA CALIGEM CALIGINOSA USAMOS AGORA CALIMBÉ SOMO CALIPÍGIOS CANTAMOS UM CALIPSO CALMAMENTE SENTIMOS UMA CALMARIA AVISTAMOS ÁRVORES CALOFILAS E PÁSSAROS CALÓPTEROS RECEBEM-NOS CALOROSAMENTE TOMAMOS CALUMBÁ NUM CALUMBÉ TORNAMO-NOS CAMALEÕES ALIMENTAMO-NOS DE CAMAMURI E CAMINHAMOS EM CÂMARA LENTE POR ENTRE CÂMARAS SOMOS TODOS CAMARADAS CHEIOS DE CAMARADAGENS O COLORIDO VAI CAMBAIANDO-SE DANÇAMOS CAMINDAS SOMOS TODOS CAMBONDOS CAI UM CAMBUEIRO COLHEMOS CAMÉLIAS FORMA UM
CAMINAÚ CONTINUAMOS A CAMINHADA PELO CAMINHO DE SÃO TIAGO SEM ARREPIAR CAMINHO CAMPEANDO CAMPEANDO POR SOBRE CAMPINAS
CAMPINARANAS CAMUFLADOS SOBRE AS CANÁCEAS E AS CANAFÍSTULAS OS CANÁRIOS CANTAM CANTIGAS E NÓS DANÇAMOS CANCÃ AO SOM DE UMA CANÇÃO POLIFÔNICA CANDEIAMENTE SOB A LUZ DOS CANDELABROS CANDENTEMENTE CÂNDIDOS OUVIMOS UM CANDOMBE NOS CANDONGAMOS COM CANDURA AO AROMA DAS CANALÁCEAS AO BRILHO DOS CANELEIRINHOS ORNADOS DE CANITAR COM

AS CANJICAS DE FORA CANTAMOS
CÂNONE CANOROSAMENTE É UMA
CANTATA POR ENTRE CANTEIROS NATURAIS DE
CAPEBAS
CHEIROSAS CAPETINGAS CAPILÁRIAS S
UBIMOS AO CAPITÓLIO PITAMOS FAZEMOS
UMA CAPNOMANCIA E ANDAMOS POR ENTRE
CAPUCINHAS DEPOIS COLHEMOS CAQUIS CÁQUIS
NOS CAQUIZEIROS E SENTAMO-NOS DEBAIXO DO
CARAMANCHÃO DE CARAMBUS CAI UMA CARGA-
D`ÁGUA TROCAMOS CARÍCIAS
CARINHOSAMENTE POR ENTRE
CARIOCARÁCEAS CARMESIM VAMOS PELOS
CARRASCOS NUM CARROSSEL CARREGADOS DE
CARTAS PRATICANDO
CARTOMANCIA CHEGAMOS A UM
CASALEJO SENTIMOS UM
CASCARRÃO BANHAMO-NOS EM UMA
CASCATA COBERTA DE CÁSSIAS
CASTANHAS TOCAMOS
CASTANHOLAS DIANTE DE UM CASTELO DE
AREIAS ENCHEMOS UMA GARRAFA DE
ÁGUA E PRATICAMOS CASTROLOMANCIA O
DESTINO ACONTECE POR ACASO POR ENTRE
CASUARINAS AO LONGE UMA CATARATA É
UMA CATARSE DANÇAMOS UM CATERETÊ POR
ENTRE O CATINGAL É CATIVANTE PRATICAR
CATOPTROMANCIA DANÇANDO CATUPÉ E
TOMANDO CAUIM SOBRE O CAUBI PASSA
UMA CAVALHADA CAVAQUEAMOS TOCANDO
CAVATINA EM UM
CAVAQUINHO ENCONTRAMOS UMA
CAVERNA ENTRAMOS POR UMA
CAVIDADE AO SOM DO
CAXAMBU ANDAMOS DE CECA EM
MECA POR ENTRE CEDROS
AMARELOS AVISTAMOS
CEFEU CEIFAMOS CELEBRAMOS A CÉLEBRE

CELAGEM CELEBRÁVEL CELERAMENTE OU
VIMOS UMA CELEUMA CELSA É UMA CENA
LÍRICA UM CENTÃO AO FUNDO UMA
CENTELHA DE CENTAURO NO CENTRO UM
CERAME O CHÃO É REVESTIDO DE
CERÁUNIA COR DE CEREJA DERRETEMOS A CERA
E PRATICAMOS
CEROMANCIA ADIVINHAMOS VEM UMA
CERRAÇÃO CERRADA QUE NOS TRAZ UMA
CERTEZA CERTA DEU QUE SE USARMOS
CESTO TODAS AS
GRAÇAS DESEJOS ATRATIVOS NOS SERÃO
CERTOS POR ISSO TOMAMOS CHÁ E TODOS
DANÇAM CHACONA DIANTE DO CHAFARIZ DO
CHALÉ CHAMEGANTEMENTE
ISTO É UMA CHARADA PASSA UMA CHARANGA
CHARMOSA NO CHARCO PITAMOS UM
CHARUTO ENCONTRAMOS A CHAVE
MESTRA QUE NOS ABRE TODAS AS
PORTAS NITIDAMENTE LUCIDAMENTE
AGORA NÓS QUEREMOS QUALIDADE DANÇAMOS
CHICA AO SOM DA CHE BRINCAMOS DE
CHICOTE-QUEIMADO EM MEIOS A
CHILREIOS CHIMARREAMOS AO SOM DOS
CHOCACHOS DEBAIXO DE UM
CHORÃO CHOVE
CHUÁ CHUÁ CHUÁ CHUÁ CHUÁ
CHUÁ CHUÁ CHUÁ CHUÁ CHUÁ
CHUÁ CHUÁ CHUÁ CHUÁ CHUÁ
CHUÁ CHUÁ CHUÁ CHUÁ CHUÁ
É UMA CHUVA CIANA DE ESTRELAS QUE CAI
CINEMATOGRAFICAMENTE DEBAIXO DA
CINOSURA CINTILANTE ESTAMOS EM PLENO
CIO TOMAMOS CHÁ DE CIPÓ EM MEIO AO
CIPOAL CIRANDAMOS CISMATIVAMENTE
É UMA MIRAÇÃO
OS CISNES CANTAM AO SOM DE UM
CÍTARA VEMOS TUDO COM CLAREZA NA

CLARIDADE DA CLAREIRA AO SOM DE UMA CLARINADA SOMOS CLARIVIDENTES JOGAMOS DADOS SOMOS CLEROMANTES É O CLÍMAX DO CLÍMAX DO CLÍMAX
BOOM!
SUBIMOS O CLIVO COCHILAMOS DE CÓCORAS DESPERTAMOS COM O COCORICAR DOS GALOS UM CAMPO DE COGUMELOS ASSISTIMOS A UM COLAR-DE-PÉROLAS COLIMAMOS COLORIMOS A PAISAGEM COM COLORAU FICA UM COLOSSO COLUBREAMOS POR ENTRE COLUMBÍDEOS EM UMA COMÉDIA COMEMOS COMEDIDAMENTE DO MEIO DA FLORESTA SURGE O COMETA SOU COMETOMANTE ADIVINHO TUDO O QUE HÁ DE VIR SINTO IMENSA COMOÇÃO ENTENDO O COMPANHEIRISMO DOS COMPANHEIROS CONTEMPLO O COMPERTO COM COMPETÊNCIA FAÇO UMA COMPILAÇÃO É UM COMPITO TORNO-ME COMPLACENTE TUDO É COMPLETO É O COMPLEMENTO DO COMPLEMENTO DO COMPLEMENTE CONTEMPLO CONTEMPLO CO MPONHO UMA CANÇÃO
LÁVÔEULÁVÔEULÁVÔEULÁVÔEULÁVÔEULÁVÔEULÁVÔE
LÁVÔEULÁVÔEULÁVÔEULÁVÔEULÁVÔEULÁVÔEU
LÁVÔEULÁVÔEULÁVÔEULÁVÔEULÁVÔEULÁVÔEULÁVÔE
LÁVÔEULÁVÔEULÁVÔEULÁVÔEULÁVÔEULÁVÔEU
COMPRAZO-ME QUANDO COMPREENDO O COMPRIMENTO DA QUESTÃO A SER CUMPRIDA ASSUMO UM COMPROMISSO É UMA COMUNHÃO ESTAMOS CONCATENADOS CONCEBO UMA IDEIA REFORMULO OS "CONCEITUADOS" CONCEITOS CONCELEBRO CONCENTRADAM

ENTE ESTE MOMENTO DA CONCEPÇÃO FICO CONCERTADO TROCAM UMA CONCERTINA FAÇO UMA CONCESSÃO É UMA CONCHAMBLANÇA FICO CONCHO COM A CONCILIAÇÃO É UMA ATITUDE DE CONCORDÂNCIA CONCLUSIVA SINTO-ME CONCRIADOR É UMA IMENSA CONCUSSÃO TUDO CONCUTI BOOM! RECEBO A VARA-DE CONDÃO UM CONDOR SURGE NO CÉU DEIXO-ME CONDUZIR COM CONFIANÇA APARECE UMA CONFIGURAÇÃO NO FIRMAMENTO PARA CONFIRMAR SINTO-ME CONFORTADO NESTA SITUAÇÃO CONFORTÁVEL CONFORTO-ME CONGRATULO-ME COM A CONGRUÊNCIA QUE ME É DADO CONHECER CONJUGO-ME AOS POVOS DA FLORESTA FINALMENTE A CONJUNTURA O CONJURO É A CONSAGRAÇÃO DA CONSCIÊNCIA CONSCIENTE É A CONSOLIDAÇÃO FINAL DA CONSONÂNCIA SURGE UMA NOVA CONSTELAÇÃO É A CONSTITUIÇÃO DE UMA NOVA ERA É A CONSUMAÇÃO DA VIDA ETERNA NO AQUI E NO AGORA É CONTAGIANTE CONTEMPLAMO-NOS CONTENTES E CONTINUAMOS MIRANDO CONTRADANÇAMOS DEIXAMOS DE VIVER O MUNDO DAS COMBINAÇÕES PARA VIVER O MUNDO DOS CONTRASTES VISLUMBRAMOS O MUNDO DOS CONTRATES DAMOS UMA CONTRAVOLTA E TODOS CONTRIBUEM PARA O ALVORECER SEM CONTROLES SEM MESTRES SEM ESCRAVOS SOMO TODOS CONVIVAS DE UMA FESTA SEM DONO SOMOS CO-PARTICIPANTES DO FIM DA MESMA HISTÓRIA DO COPIAR AVISTAMOS O NASCER

DO NOVO DIA AMANHECEU O VALE ESTÁ
COBERTO DE COPOS-DE-LEITE AO SOM DE UM
COPOFONE MONTAMOS UMA COREOGRAFIA NO
CORETO CAI UM CORISCO CORTAMOS O
CORDÃO UMBILICAL CANTAMOS UM CORO DE
CORPO E ALMA PELO CORREDOR CHEGAMOS
À CORREDEIRA BANHAMO-NOS NO
CÓRREGO SOLTAMO-NOS NA
CORRENTEZA QUE CORRE RIO
ABAIXO CORRUPIANDO POR ENTRE PEIXES
CORSOS TUDO CORUSCA NESTA VIAGEM
CÓSMICA PELA CORUJEIRA DE
CORUMBÁ SOMOS
COSMONAUTAS COSMOPOLITAS ASSISTIMO
S DAQUI A COSMURGIA DANÇANDO
COTILHÃO VESTIDOS DE COTIM SOBRE
COXILHA SOMOS AGORA
CRANIOMANTES ENTRAMOS EM UMA
CRATERA E COLHEMOS CRAVINAS AO SOM
DE UM CRAVO CRÉ COM LÉ E LÉ COM
CRÉ UM BANDO DE CREJUÁ ENFEITA A
PAISAGEM
CREME CREPUSCULAR CRESCEMOS
CRIATURAS CRIATIVAS
CRI CRI CRI CRI CRI CRI CRI CRI CRI
É UM CAMPO DE CRINOS ONDE OS GRILOS
CRICRILAM PENETRAMOS EM UMA CRIPTA
CRIPTOCRISTALINA ISTO NÃO É UMA
CRIPTOGRAFIA AS CRISÁLIDAS PASSEIAM
PELOS CAMPOS DE CRISÂNTEMOS OS CAMINHOS
SÃO DE CRISÓLITO POR ONDE CORREM ÁGUAS
CRISTALINAS PRATICAMOS
CRISTOLOMANCIA SURGE O CRUZEIRO DO
SUL CHEGAMOS A UM
CUBATÃO PRATICAMOS
CUBOMANCIA NUM
MOMENTOCULMINANTE CULTIVAMOS
CUMATÊS NO CUME POR ENTRE

CUPIDOS QUE BEBEM CURÇAU E COMEM
CURADA POR ENTRE CURIÓS
CURIOSOS SEGUIMOS O CURSO POR ENTRE
CURUPIRAS É UMA CURTIÇÃO
LÁSOLMIFÁRÉDÓ
ACENDEMOS UMA FOGUEIRA UMA LABAREDA
SOBE CARREGAMOS POR UM LABIRINTO DE
LABIADAS DAS ÁRVORES CAEM
LABLADES PARTICAMOS
LACOMANCIA TOMAMOS UM GOLE DE LAÇO-
PACO TUDO FICA DE REPENTE
LACRORÓSEO VAMOS LADEANDO O
RIO DESCEMOS UMA LADEIRA LAGARTAS
PREPARAM-SE PARA VIRAR
BORBOLETAS LAGARTEAMOS À BEIRA DE
UMA LAGOA TOCAM HARPAS DECLAMAMOS UM
LAI ROLANDO NO LAMAÇAL FICAMOS
LAMACENTOS LÁ MI RÉ
VESTIMO-NOS COM
LAMPA LAMPADEJANTES PRATICAMOS
LAMPADOMANCIA DE LAMPEJO DIANTE DE
UMA LAMPARINA
LAMÇAMO-NOS
LAPIDAMO-NOS CHUPAMOS LARANJAS DIANTE DE
UMA LAREIRA LASCIVAMENTE AO SOM DE
UM LAURIM LAUREADO É UM LAUTO
MOMENTO LAVOEULAVOEULAVOEULAVOEULAVO
EULAVOEU
LAVRAMOS A TERRA COM LAZER AO SOM DE UM
LÉ LÉ COM CRÉ CRÉ COM
LÉ ATIRAMOS UMA PEDRA AO
LAGO PRATICAMOS LECANOMANCIA É UMA
LEDICE SOMOS LEGATÁRIOS DA
LIBIDO DESCEMOS PELO LEITO DO
RIACHO ENFEITAMO-NOS COM LENÇOS
COLORIDOS PARECE UMA CENA DE UMA
LENDA VIVEMOS A
LENIDADE LENTAMENTE PELO

LENTEIRO LEPIDAMENTE SOB UMA
LESTADA LESTAMENTE AO
LÉU LEVEMENTE LEVITAMOS SOBRE LHANOS
COM LHENEZA POR ENTRE
LIANAS QUEIMAMOS
INCENSO LIBIDINOSO LIBRAMO-
NOS LIBRINA TOMAMOS
LICOR CANTAMOS UMA
LIED LIGEIRO TUDO FICA LILÁS É
UMA LINDEZA BEBEMOS ÁGUA LÍMPIDA DA
FONTE TUDO CANTA OUVIMOS O SOM DE
UMA LIRA LÍRICA NUM AMBIENTE LIRIAL
LÍTICO LITOGRAFAMOS SOMOS
LITOMANTES ADIVINHAMOS CHEGAMOS AO
LITORAL LÍVIDO LIVRES ABRIMOS OS
BRAÇOS NA PRAIA E DANÇAMOS SOMOS
LIVRES ABRIMOS OS BRAÇOS NA PRAIA E
DANÇAMOS SOMOS LIVROS
ABERTOS CONTANDO HITÓRIAS DO QUE
SOMOS SOMOS OS PERSONAGENS DA NOVA
HISTÓRIA É O VERDE QUE SE
ALASTRA GENEROSAMENTE EM VÁRIOS
TONS O VERDE FAZ BEM AO
CORAÇÃO CANTAMOS O VERDE DANÇAMOS O
VERDE PINTAMOS O VERDE PITAMOS O
VERDE NASCE A LUA ATRÁS DO
MONTE ESPALHANDO O
LUAR LUSCESCENTE UMA LUCIDEZ MAIOR
TOMA CONTA DE NÓS PIRILAMPOS
LUCILUZIAM LUCIPOTENTES É UM MOMENTO
LUCULENTO VISLUMBRAMOS O LUAR POR
ENTRE AS ÁRVORES DA FLORESTA ACENDEMOS UM
LUMARÉU LUMINAR NO
LUMINAR ESPALHAMOS LUZES POR
LUMINÁRIAS LUMINOSAS É UMA FESTIVIDADE
LUNAR DANÇAMOS LUNDU SURGE UMA
LUZ LUZENTE DE UM LUZEIRO É UMA
LUZERNA LUZIDIA QUE

LUZE MIFASOLLASIREDO AO LONGE UACANGAS VIVEMOS EM PLENA UBERDADE EM UBIQUIDADE CANTA UM UIRAPURU ULTRAPASSAMOS A BARREIRA DO SOM CORTAMOS O CORDÃO UMBILICAL VIVEMOS O UNIVERSO EM UM DISCO VOADOR VEM A VIDA

QUATRO

É UMA DÁDIVA INICIAR-SE NA
DATILOMANCIA JOGAMOS
DADOS QUEIMAMOS FOLHAS DE
LOUREIRO E PRATICAMOS
DAFNOMANCIA DESCREVO
DAGUERREOTIPAMENTE TUDO O QUE
VI PLATAMOS DÁLIAS PERFUMAMO-NOS COM
DAMAS-DA-NOITE E COMEMOS
DAMASCO TOMAMOS CHÁ DE DAMIANA E
DAMEJAMOS DANÇANDO A DANÇA DA
FECUNDIDADE NOS DAMOS DA
SEIN DEABLAMO-
NOS DECANTANDO DECLAMANDO DECIFR
ANDO DECOLAMOS VUUUUUUUUUUUMMM
MMMMMM!
DEFRONTAMO-NOS NO AR FAZEMOS UMA
DEFUMAÇÃO ISTO É ANTES UMA
DÊIXIS DELEITAMOS DELICADAMENTE É UMA
DELÍCIA DELIRANTE DELIVRAMO-
NOS TEMOS O SUFICIENTE EM
DAMASIA DEMASIAMO-
NOS PRATICAMOS
DENOMANCIA DENGOSAMENTE DENODADOS
DENODAMOS O DENOMINADOR PARA
DOMINARMOS A
DENSA DENOTAÇÃO DEPARAMOS COM UMA
DEPRESSÃO DESCEMOS EM
DERREDOR DERRETE A NEVE NOS
DERROTAMOS DESABAFADAMENTE NUM
DESABAFO DESABELHAMOS DESABROCHAMO
S DESACERBADAMENTE DESADORMECEMOS
E CAMINHAMOS PELO
DESAGUADOURO DESARTIFICIALMENTE C
ORREMOS LIVRES PELO
DESCAMPADO SENTAMO-NOS PARA

DESCANSAR DESCANTANDO UM
DESCANTE BATI OS BRAÇOS SAÍ
VOANDO ATÉ ME PERDER NO ESPAÇO SEM
FIM NO MEIO DAS ESTRELAS COLORIDAS E
BRIBLHANTES POR ENTRE
FADAS GNOMOS SILFOS SALAMAND
RAS AS FLORESTAS ALASTRAM-SE TUDO
DANÇA IMPROVISADAMENTE À TERRA À
ÁGUA AO FOGO AO
AR TERRRAGUAFOGOAR
TERRRAGUAFOGOARTERRRAGUAFOGOARTERRRAGUAF
OGOARTERRRAGUAFOGOAR TERRRAGUAFOGOAR
VIVA O POVO DA FLORESTA E VIVA TODAS AS
ERVAS DO CAMPO! TODOS OS ANIMAIS DA
TERRA! TODAS AS AVES! TODOS OS
PEIXES! DESCEMOS DESCOBERTOS PARA NOVAS
DESCOBERTAS CHEGAMOS NO FIM DO
UNIVERSO DESCORTINAMOS É UM
DESECLIPSAR QUE VEM RESTITUIR O BRILHO DOS
DESEJOS DESEMBARAÇADAMENTE DESEMBARCA
MOS NA DESEMBOCADURA DO
RIO DESENFADADAMENTE E
DESENHAMOS NA AREIA
DESÉRTICA DESFABULANDO DESFRUTANDO
MAIS DESTE MOMENTO NUM
DESGARRE DESINIBIDO DESLIZAMOS
DESLUMBRADOS COM O AZUL
DESNUBLADO DESNUDAMO-NOS TUDO
DESOFUSCA DESPERTAMOS O DESTINO
ACONTECE POR ACASO DESVELA-SE O
ENIGMA COM DESVELO DESVENDAMOS A
HISTÓRIA DETALHE POR
DETALHE DETALHADAMENTE BOOM!
ANDAMOS DE DÉU EM DÉU A DEUS-
DARÁ DESVANEANDO NO ETERNO
DEVENIR É DIA
DIÁFANO DIAMANTIZADO É O DILÚCULO
QUE DIMANA DISCERNIMOS O DISCO

SOLAR DISTANTE DISTINGUIMOS
DISTRAIDAMENTE A DISTRIBUIÇÃO DOS
RAIOS DIVAGAMOS DIVERTIDAMENTE
NA DIVERSIDADE DIVERTIDA COM GRANDE
DIVINAÇÃO DA DIVINDADE QUE DIVISAMOS NA
DIVISA DO SER COM O NÃO SER

LÁ SI DÓ
SOL SI
FÁ LÁ
MI SOL
RÉ FÁ
DÓ MI
RÉ
DÓ

DOLCE FAR NIENTE
ISTO É MAIS UM DOM QUE DOMINAMOS SURGE
UM DRAGÃO DOURADO ACOMPANHADO DE
DRÍADES
DÓ SI LÁ SOL FÁ MI RÉ DÓ
DÓ SI LÁ SOL FÁ MI RÉ DÓ
MI FÁ SOL LÁ SI RÉ DÓ
COLHEMOS MAÇÃS MADURAS NAS
MACIEIRAS REPLETAS DE MACACOS AO
LONGE UM CAMPO AMARELO DE MACELAS
MACIAS CONTINUAMOS NA
MACIOTA DANÇANDO MACULELÊ POR
ENTRE MADRESILVAS DE
MADRUGADA CHEGAMOS A UM MAFUÁ É
UMA MAGIA MAGNA UM MOMENTO
MÁGICO MAGNÂNIMO INESQUECÍVEL
FICAMOS MAGNETIZADOS É MAGNÍFICO AS
MAITACAS VOAM ALEGRES POR SOBRE AS COPAS
MAJESTOSAS DAS MAGNÓLIAS PARECEM
MALABARISTAS ALGUNS DANÇAM
MALAGUENHA OUTROS MALHÃO OUTROS
TOCAM MALINHA POR ENTRE MALMEQUERES-

AMARELOS COMEMOS MAMÕES DANÇANDO MAMBO PARECE MAMELUNGOS ENFEITAMO-NOS COM FLORES DE MANACÁ MANA UM MANANCIAL MANANTE FORMA UM MANANTIAL BANHAMO-NOS PLANTAMOS MANDIOCAS NA REGIÃO DE MANDOLINAS COLHEMOS MANGAS NO MANGUEIRAL SURGE A MANHÃ NUMA MANIFESTAÇÃO MARAVILHOSA MANSAMENTE AO SOM DE UM MANTRA HARMONIA MELODIA RIT MO DEITAMOS EM MAQUEIRAS SOBRE OS MARAPÁS AO LONGE O MAR UM MARACÁ FAZ A PERCUSSÃO PARECE UM MARACATU COMEMOS MARACUJÁ BEBEMOS MARASQUINHO MARAVILHADOS EXTRAÍMOS TINTAS DE PEDRAS COLORIDAS E MARCHETAMOS O CORPO É MARÉ-CHEIA VEM UM MAREIRO E TRAZ UMA MARESIA PASSAMOS POR UM CAMPO DE MARGARIDAS À MARGEM DE UM RIO AO SOM DE MARIMBAS OS MARIMBONDOS E AS MARIPOSAS SOBREVOAM OS MARIMBUS SUBIMOS EM UMA MARMOREIRA CAMINHAMOS SOBRE AS MAROLAS MAROMBADAMENTE MAROTOS PASSA VOANDO UM BANDO DE MARRECOS MARRONS MARTE SURGE NO CÉU AZUL AO LADO DA LUA BRANCA AVISTAMOS UM MARUMBI SOMOS MARUPIRAS MASCAMOS FOLHAS E PRODUZIMOS MÁSCARAS COM MASSAPÉ MASSAGEAMO-NOS UNS AOS OUTROS VOLTAMOS PARA A MATA MATAMOS A CHARADA NO MEIO DO MATARÉU COMENDO MATARI MATEJAMOS AS AVES FAZEM UMA

MATINADA MATINAMOS O DIA É DE UMA MATIZ INDESCRITÍVEL CAMINHAMOS À MATROCA NESTE MOMENTO MATUTINO UM MAÚ GRITA MAÚÚÚÚÚÚÚÚ É UM INSTANTE MAVIOSO DANÇAMOS MAXIXE OUTROS DANÇAM MAZURCA À MEIA LUZ MEIGAMENTE UM MEIO-SOPRANO CANTA UMA MÚSICA COMEMOS MELANCIA LAMBUZAMO-NOS DE MEL O MOMENTO É MALÍFLUO OUÇO UMA MELODIA MELODIOSA MEMORÁVEL É CANTADA POR UM MENESTREL MERCÚRIO SURGE NO CÉU MERGULHAMOS NA IMENSIDÃO MESCLADA TUDO DANÇA TUDO CANTA TUDO RI UMA LUZ METALESCENTE UM SOM PARECIDO COM METALOFONE É UM METEORO APROVEITAMOS PARA PRATICAR METEOROMANCIA SÃO PEDRAS MICANTES MILENARES QUE NOS CONTAM SEGREDOS DA HISTÓRIA ANUNCIANDO O INÍCIO DE UM NOVO TEMPO DANÇAMOS MILONGA POR ENTRE MIMOSAS BANHAMO-NOS EM UM MINADOURO QUE MAGIA É ESTA QUE INCENDEIA O CORPO SENSAÇÕES INÉDITAS E INFINITAS E SEMPRE NOVAS A TOQUES COM MESMOS OU DIFERENTES CORPOS? QUE MAGIA É ESTA? É A MAGIA DA VIDA QUE VIBRA E NOS TRANSFORMA É A ALQUIMIA É A TRANSMUTAÇÃO É A VIDA ETERNA O CHUMBO TRANSFORMA-SE EM OURO TUDO TRANSMUTA TIDO VIBRA EM SINTONIA COM A VIDA ASSIM ACONTECE A MISCIGENAÇÃO TUDO FICA MESCLADO SURGE MINERVA SOMOS MINIMALISTAS VIVEMOS O SINGULAR SOPRA UM MINUANO

**CLARO POR ENTRE MINUANAS DANÇAMOS
UM MINUETO UMA ONÇA MIA BROTAM
MIOSÓTIS E MIRABELAS É
MIRABOLANTE MIRAMOS É UMA
MIRAGEM É UMA MIRAÇÃO SUBIMOS ATÉ O
MIRANTE PARA PODER MIRAR
MAIS VISUALIZAMOS MIRINDIBAS-
RÓSEAS FLORESCENDO PERFUMAMO-NOS
COM MIRRA NA MAGIA NADA É
MISTÉRIO ALAYA É A
VACUIDADE SOPRA UM MISTRAL E MISTURA
TUDO MITIGAVELMENTE PARECE UM
MITO É UMA MIXÓRDIA DANÇAMOS UM
MIUDINHO AO SOM DE UMA MODA DE VIOLA DE
LONGE PARECE UM MÓBILE QUE SE
MOBILIZA MIRABOLANTEMENTE VIVEMOS O
INCONSCIENTE CONSCIENTEMENTE
CONSCIENTE MOMENTO DE MAGIA DE
VIDÊNCIA DE AUDIÊNCIA É
TOTALIDADE É
MANDALA LUCIDEZ CLARO LÍMPIDO
REAL VIBRAMOS CANTAMOS DAN
ÇAMOS O MOMENTO FLUI LIBERTOS DO
TEMPO E DO
ESPAÇO SER SIM SIM SALABIM
BIM BIM O ROMPIMENTO DA DUALIDADE
FAZ ENCONTRAR O EIXO MODELAMOS O
BARRO SOMOS MODERADAMENTE
MODERADOS DANÇAMOS EM
MODERATO MODERADAMENTE À
MODERNIDADE ÀS MODIFICAÇÕES
CONSTANTES ÀS TRANSFORMAÇÕES A
SEU TEMPO DE ACORDO COM A SOLICITAÇÃO
DO MOMENTO MODILHAMOS UMA
MODORRA MODORRENTA O SOM E A COR VIBRAM
EM MODULAÇÕES MODULADAS UM CAMPO DE
MOGORINS NA MOLDURA VERDE QUE
MOLEZA DEITAMOS DEBAIXO**

DE MOLINAS DERRETEMOS
CHUMBO PRATICAMOS
MOLIBDOMANCIA É UMA
MOLÍCIE TOCAMOS MOMBOIAXIÓ É UM
INSTANTE MOMESCO VIVEMOS UMA
MONÇÃO ANDAMOS POR ENTRE
MONÉSIAS MONODIO SUBIMOS NUM
MONÓLITO MONOLOGAMOS PARECE UM
MONÔMETRO MONOTEMÁTICO LOGO FICOU
MONÓTONO SUBIMOS UM MONTE
MONUMENTAL FAZEMOS DAQUELE LUGAR UMA
MORADA COMEMOS MORANGOS FICAMOS
MORENOS MORREMOS DE TANTO
RIR TUDO É PARA NÓS
MOTIVO DANÇAMOS CANTANDO UM
MOURÃO TUDO MOVIMENTA-
SE ESTATICAMENTE É O SEGREDO DA
MAGIA É O RITMO DA VIDA POR ENTRE
MUÇAMBÊS COR-DE-
ROSA MULTIFLORES EM
MUCRUARÁ O AR É MULTICOR ÀS VEZES
NOS DIVIDIMOS PARA LOGO EM SEGUIDA NOS
MULTIPLICARMOS ENCONTRANDO NOSSOS
PARES MULTIVAGAMOS SÃO MOMENTOS
MULTÍVIOS ENQUANTO
DECIDIMOS DANÇAMOS
MULUNDU MUNDANAMENTE O VENTO
MURMURA ALGUMA COISA INDICANDO-NOS O
CAMINHO A SEGUIR TOCAMOS
MURMURE ATENTO AO MURMURINHO DO
VENTO DANÇAMOS MURUA PASSA UM
BANDO DE MURUCUTUTU TOCAMOS
MUSETA PENETRAMOS POR ENTRE
MUSGOS ALI TUDO PARECE
MÚSICA MUSITAMOS VIVEMOS MAIS UMA
MUTAÇÃO SOMOS ETERNOS
MUTANTES CHUPAMOS UVAS VAGAMOS
VAGAROSAMENTE NO VÁCUO POR SOBRE

VALES AO SOM DE UMA VALSA
VIENENSE VALSAMOS O SÓLIDO SE
TRANSFORMA EM VAPOR TUDO FICA
VAPOROSO DE UM VAPOR VÁRIO QUE SE
ESPALHA POR TODA A VASTIDÃO OUVIMOS UM
VAVAVÁ VEEMENTE NO MEIO DA VEGETAÇÃO É O
POVO DA FLORESTA QUE ESTÁ EM FESTA É A
FORÇA DO VEGETAL A FORÇA DO VEGETO VERDE
QUE SE ESPALHA VELOZMENTE COMO UM
VENDAVAL SOPRA UM VENTO
VENUSTO ANUNCIANDO VENTUROSAMENTE
VÊNUS EM PLENO VERÃO É A VERDADE
VERAZ VERDADEIRA É O VERDE O
VERDE O VERDE TUDO
VERDECE VERDEJANTEMENTE COM TODO O
VERDOR VERSÁTIL PELAS VEREDAS
VERSICOLOR DESCEMOS A VERTENTE VERTICAL
SURGE VESTAL VESTALINA SÃO OS PRIMEIROS
VESTÍGIOS DA RAÇA DOURADA NA BACIA
AMAZÔNICA SEGUIMOS PELA VIA-
LÁCTEA VIANDANTES VIBRAMOS
VICEJANTES À VIBRAÇÃO DA VIDA POR
ENTRE VIDEIRAS SOMOS
VIDENTES VIBRAMOS TOCAMOS
VINAS E BEBEMOS
VINHO VISLUMBRADOS A VITÓRIA
VITORIOSA VIVAZ VIVENCIAMOS VIVIDAMENTE
A VIVIFICAÇÃO VISÍVEL DE TUDO O QUE
VIVE VOAMOS VOCALIZAMOS VOLUPTUOS
AMENTE É A REALIZAÇÃO DA VONTADE
VORAZ AUMENTAMOS A VOZ UM
VULTO CAÍMOS NO VERDE VERDE-
ABACATE VERDE-ÁGUA VERDE-
AZUL VERDE-BANDEIRA VERDE-
CINZA VERDE-CLARO VERDE-
CRÉ VERDE-ESCURO VERDE-
ESMERALDA VERDE-GAIO VERDE-
GARRAFA VERDE-MAR VERDE-

MONTANHA VERDE MUSGO VERDE-NEGRO VERDE-OLIVA VERDE-PISCINA VERDE-SECO VERDE SIMPLESMENTE VERDE É A PAISAGEM VEM A VIDA DE UMA SEMENTE

CINCO

POR ENTRE EBENÁCEAS ASSISTIMOS A UM
ECLIPSE ECLODIMOS CHEGAMOS AO
ÉDEN AFLORESCEMOS EFUSIVAMENTE EM
ELDORADO EFLUSIVO ELEVAMO-NOS EM
ELIPSE ATÉ ELFO E BEBEMOS O ELIXIR QUE
ELUCIDA EMANANDO LUZ AO SOM DE UM
EMBEAXIÓ FICAMOS EMBEVECIDOS COM O
EMBELEZAMENTO SIM SIM SALABIM
BIM BIM SÃO OS ELEMENTARES QUE
PASSAM EMERGIMOS EMOCIONADOS POR
ENTRE EMPETRÁCEAS ENCANTADAS ELEVAMOS
ENCÔMIOS AO SOM DE
ENEACÓRDIOS ESPALHA UMA ENERGIA
ENEVOA ENFEITAMO-NOS PRA OUTRA
FESTA ENFEITIÇADOS NUM AMBIENTE
ENFLORESTADO PARECE UM ENIGMA É UM
ENLEVO
ENLUARADO ENOITECE PRATICAMOS
ENOMANCIA DECIFRAMOS O ENIGMA E
DESCEMOS ATÉ A ENSEADA APROVEITAMOS O
ENSEJO PARA ENSEMENTAR DEPOIS DE UM
DIA ENSOLARADO O
ENTARDECER ENTOAMOS JUNTOS UMA DOCE
CANÇÃO ENTORPECIDOS ENCONTRAMO-
NOS ENTRELAÇADOS ENTRENOITECE
ENTRENUBLADAMENTE ENTREOLHAMO-
NOS ENTREOUVIMO-
NOS ENTREPARAMOS ENTREQUEREMO-
NOS ENTRESONHAMOS FICAMOS
ENTRETIDOS ENVEREDAMOS PELA ENXARA
ENVOLVENTE ENXERGAMOS UMA
ENXURRADA SOPRA ÉOLO É UMA
EPIFANIA ERÊ! SURGE EROS DE UMA
ERUPÇÃO COLHEMOS ERVAS NO
ERVAÇAL ESCALANDO UMA

ESCARPA ESCANDESCENTES TUDO FICA
ESCLARECIDO SOBRE OS ESCORREGADIOS
ESCOLHOS
ESCONDIDOS ESCOLHEMOS UMA PEDRA
ESCULTURAL ESFÉRICA EM FORMA DE
ESFINGE ESCUTAMOS O RONCAR DO LEÃO
ESFÍNGICO ESMARELIDO COLHEMOS ESMERALDAS
NO ESPAÇO E ESPALHAMO-
NOS ESPARGINDO EM MIL
PEDAÇOS COMO CACOS DE ESPELHOS
PARTIDOS REFLETINDO TUDO O EU
FOMOS O QUE SOMOS O QUE
SEREMOS ESPERTOS DIANTE DE TODO O
ESPETÁCULO QUE ACONTECE EM ESPLÊNDIDO ESPIRAL
ESPORÁDICO COM TODO O ESPLENDOR
ESPONTÂNEO É A ESSÊNCIA ESSENCIAL DA
EXISTÊNCIA FICA ESTABELECIDA A ESTABILIDADE
DAS ESTAÇÕES NA CAVERNA O ESTALACTITE
ESTRALA COMO OS ESTAMES DA
VIDA ESTAMPADA NA ETERNIDADE UM
ESTAMPIDO BOOM! FICAMOS
ESTATELADOS ESTÁTICOS POR UM
INSTANTE COMO ESTÁTUAS CRESCE UMA
ESTEFÂNIA O CÉU ESTELÍFERO SE ESTENDE
PROVOCANDO ESTESIA UMA ESTIAGEM
ESTIGMATIZANTE DENTRO DE NÓS COM GRANDE
ESTILO É ESTIMULANTE CONTINUAMOS A
ESTRADA ESTRAMBÓTICA QUE NOS LEVA ÀS
ESTRELAS É
ESTUPEFACIENTE PENETRAMOS NO ETÉREO
ETERNO AO SOM
EUFÔNICO EUFORIZANTE DO EVENTO
EVIDENTE EVITERNO É UMA
EUFORIA ÊXODO ÊXITO ÊXTASE
EVOÉ!
EVOLAMO-NOS EM EVOLUÇÕES EXCELSAS
EXCÊNTRICAS EXORBITAMOS
EXORTADOS EXPANDIMO-

NOS EXPLICITAMENTE EXPLODIMOS EM
ÊXTASE EXTASIADOS EXTINGUIMO-
NOS AGORA PENAS
SOMOS EXTRAPOLAMOS EXTRAVASADAMENTE
EXUBERANTES POR TODA A
EXTENSÃO EXULTANTEMENTE É UM CLIMA
NACARADO NADA NÃO É MISTÉRIO É
ALAYA NADAMOS NO LODO ENCONTRAMO-
NOS COM NÁIADES NAMORAMOS A
PAISAGEM AGORA É DE NANCÍBEAS AS NAPÉIAS
VÊM NOS ENCONTRAR QUEIMAMOS
NARCAFTO PERFUMAMO-NOS COM
NARDOS FUMAMOS NARGUILÉ À BEIRA DE
UMA NASCENTE NAVEGAMOS NA
NEBLINA PELAS NEBULOSAS SORVEMOS
NÉCTAR TORNAMO-NOS NÉCTICOS TUDO
É NÉDIO PRATICAMOS FEFELOMANCIA POR
ENTRE NEREIDAS E NETUNOS COMEMOS
NÊSPARAS AS NIFAS DANÇAM EM MEIO A
CANTEIROS NITIDIFLOROS TUDO FICA NÍTICO
PARA NÓS É UMA MIRAÇÃO ESTAMOS
MIRANDO DE REPENTE TUDO FICA
NOCTICOLOR NOCTIFLORESCE NOCTILUCA
NOCRILÚCIOS NOCTÍVOLOS NOCTIV
AGAMOS POR ENTRE NOGUEIRAS COMO
NÔMADES PRATICAMOS NOMANCIA AO SOM
DE UM NONETO VEM UMA
NORTADA NORTEAMO-NOS COM NOTÁVEL
NOTÍCIA QUE ELE NOS TRAZ SOPRA UM SUAVE
NOTO NOTURNAL CANTAMOS UM
NOTURNO SURGE O NOVO A TODO
INSTANTE COMPOMOS UMA
NOVELETA COMENDO NOZES FICAMOS
NUS O CÉU COMEÇA A FICAR CHEIO DE
NUANÇAS NUBIVAGAMOS É UMA
MADRUGADA NUBLADA PRATICAMOS
NUMEROLOGIA FICAMOS
NUTANTES ANDANDO SOBRE AS NUVENS

W
DA SEMENTE NASCE UMA FLOR

SEIS

PARECE UMA FÁBULA FABULOSA FÁ LÁ MI RÉ
SOL UM GRANDE FACHO FACHUDO TRANSPORTADO
POR
FADAS GNOMOS SILFOS SALAMANDRA
S DANÇANDO UM DADO AO SOM DE UM
FAGOTE FAGUEIRO DO FACHO SAEM FAGULHAS
FAISCANTES DANÇAMOS
FANDANGO FANTASIADOS
FANTASMAGORICAMENTE É
FANTÁSTICO FARANDOLAMOS FARREADAME
NTE FASCINADOS COM O DESFILE DOS
FAUNOS FAUSTOS QUE CHEGAM COM O
FAVÔNIO FAVORÁVEL JUNTAMENTE COM
FEBO TUDO É FÉRTIL E FECUNDO SURGE
UMA LUZ FEÉRICA FELIZ É FÊNIX QUE
RENASCE FESTEJAMOS COM UM FESTIVAL
FESTIVO AO SOM DE UMA FILARMÔNICA AO
FIRMAMENTO FITAMOS O
FLAGRANTE TOCAMOS
FLAJOLÉ FLAMEJANDO POR ENTRE
FLAMINGOS FLAMÍVOLOS SURGE VULCANO
FLAMÍVOMO FLANAMOS AO SOM DO FLAUTEIO DAS
FLAUTAS FLUTUANTES FLERTAMOS SE
MEANDO FLORES QUE FLORESCEM
INSTANTANEAMENTE NA FLORESTA TUDO
FLUI TUDO CANTA FLUTICOLORMENTE SÃO
SERES
FLUTÍCOLAS FLUTIVAGAMOS DANÇANDO
FOFA FOGOSAMENTE ACENDEMOS UMA FOGUEIRA
E SOLTAMOS FOGUETES POR ENTRE
FOLHAGENS É UMA FOLIA DIANTE DA
FONTE QUE JORRA COM FORMOSURA
FORMIDÁVEL É UM FORRÓ SENTIMO-NOS
FORTALECIDOS COM TAMANHA
FORTUNA FOFOREJAMOS ESPALHANDO

FOSFORECÊNCIA UMA FRAGRÂNCIA DE FRAMBOESA INUNDA O AR TUDO FREME NUM FRENESI FRENETICAMENTE COM FREQUÊNCIA PARECE UM FREVO CANTAMOS UMA FRÓTOLA FRUITIVA AO REDOR TUDO FRUTIFICA FULGUROSAMENTE UMA FUMAÇA FÚLVIDA SOBE PELOS ARES ENTRAMOS EM UMA FURNA FURTA-COR AO SOM DE GAITAS ENCONTRAMO-NOS UM OÁSIS TOCAMOS ABOÉS POR ENTRE COPAS DE CANAÇUS VISUALIZAMOS O ÓBIVIO É O QUE É TOCAMOS OCARINA É O OCASO DESCEMOS ATÉ O OCEANO E DANÇAMOS COM AS OCEÂNIDES OCIOSAMENTE AO SOM DE UM OCTETO OBSERVAMOS UMA OCULTAÇÃO NADA É OCULTO TUDO É OCO É ALAYA É O VÁCUO DECLAMAM UM ODE NO ODEÃO SEGUIMOS A ODISSÉIA ODORANTE A OESTE É-NOS OFERECIDO NOVAS PAISAGENS NOVOS ESTADOS DE ALMA É UMA OFERENDA TOCAM OFICLIDE POR ENTRE OFÍDIOSS PRATICAMOS OFIOMANCIA SOB OFIÚCO EM UM CAMPO DE OFRIS TOCAMOS OITAVINO POR ENTRE OLACÁCEAS E OLAIAS OLHAMOS OLHIRRIDENTES PASSAMOS POR UM OLHO D’ÁGUA CATAMOS OLHOS-DE-CABRAS ENTRAMOS NO OLIMPO POR UM OLIVAL IMENSO TUDO OLORIZA ENCHEMOS DE OLIVA OS OMBRÃS ONÇAS PASSEIAM POR ENTRE ONDAS ONICOLORES CHEGAM ONDINAS PRATICAMOS ONICOMANCIA ADORMECEMOS EM ESTADO ONÍRICO PRATICAMOS ONIROCRICIA SOMOS ONIVIDENTES PRATICAMOS ONOMATOMANCIA ACHAMOS UM

NINHO PRATICAMOS AGORA
OOMANCIA TUDO SE TORNA
OPALESCENTE É UMA ÓPERA
OPÍPARA OPORTUNA OPULENTA FLOR
ESCEM ORCANETAS BEBEMOS
ORCHATA CHEGAM AS ORÉADES POR
ENTRE ORÉLIAS FAZEMOS UMA
ORGIA É UM ORGASMO ORIENTAMO-NOS
AVISTAMOS ÓRION ORNAMENTAMO-
NOS ASSOBIAMOS É UMA
ORNITOFONIA PRATICAMOS
ORNITOSCIPIA VENDO OS PÁSSAROS VOAREM E
CANTAREM PARECE UMA ORQUESTRA O
VENTO A ÁGUA OS
PÁSSAROS DESCANSAMOS POR ENTRE
ORQUÍDEAS UM FENÔMENO É UM
ORTO CAI UM ORVALHO OSCILANTE UM
ÓSCINE OSTRINO SOMOS OTIMISTAS POR
ENTRE OUIRAREMAS O CHUMBO SE
TRANSFORMA EM OURO COMEMOS
FRUTAS OUVIMOS O VENTO QUE NOS CONDUZ
PELA OXALIDÁCEAS
XAQUE-XAQUE
XEQUE-XEQUE
XIQUE-XIQUE
XAQUE-XAQUE
XEQUE-XEQUE
XIQUE-XIQUE
DANÇAMOS UMA XARDA POR ENTRE
XAXINS AO SOM DE UM XERE ALGUNS
DANÇAM XERÉM BEBEMOS XEREZ DANÇAMOS
SIBA TOCA UM XILOFONE PRATICAMOS
XILOMANCIA POR ENTRE XIMBAÚVAS
XIXIXI
XIXIXI
XIXIXI
DANÇAMOS UM XOTE É UM
XUÁ COM O MOVIMENTO DO PLANETA

EM TORNO DE SI E DO SOL
SURGE O TEMPO

SETE

GAITEAMOS PELO GAITEIRO UMA
GAIVOTA SOBREVOA A
GALÁXIA PENETRAMOS POR UMA
GALERIA GALGAMOS OS
OBSTÁCULOS PARECE UMA
GALHARDA SURGE UM
GAMO TOCAMOS GANZÁ E BEBEMOS
GARAPA LÁ FORA UM GAROAR É UM
AMBIENTE GASALHOSO UM GAVIÃO
ANUNCIA UM GÁUDIO À ENTRADA DO
GAZÃO UMA GARÇA GAZEIA UM
GANZEL CAI UMA GEADA GEMANTE A
VIDA ESCORRE GENEROSAMENTE ATRAVÉS DOS
GÊNIOS QUE GENTILMENTE COMPARTILHAM O
QUE HÁ DE MAIS GENUINO PRATICAMOS
GEOMANCIA GERMINAM
GESNÉRIAS PERFUMAMO-NOS COM
GIESTA AO SOM DE UMA
GIGA GIRAMOS NASCE UM GIRASSOL
GIGANTESCO GLORIOSO SOMOS
GLOSSOMANTES PASSA UM BANDO DE
GNOMOS SEGUIDOS POR
FADAS SILFOS SALAMANDRAS COM
EMOS GOIABAS NO
GOIANZEIRO PASSEAMOS DE
GÔNDOLA TOCANDO GONGO AO
GORJEIO DE GRALHAS É UMA
GOSTOSURA GOTEJA GO-ZA-
M0S É UMA GRAÇA DESCEMOS EM
UM GRANDE GRAMADO OUVIMOS O
GRASNAR DAS RÃS É
GRATIFICANTE GRAVITAMOS À VOLTA
DESTA GRAVURA DE
GRIFOS CRI CRI CRI OS GRILOS
DE NOVO GRIMPAMOS AGORA SÓ TEM

GROSELHA PENETRAMOS EM UMA GROTA
GUIADOS POR GROU UM PERU
GRUGULEJA GRUÍMOS EM
GRUPOS CHEGAMOS A UMA
GRUTA COMEMOS GUABIJU E PINTAMOS
A GUACHE AO SOM DO GUAIÁ TOMAMOS
GUARANÁ TOCAMOS GUITARRA GUIZOS
E
GUZUNGA SI LÁ SOL FÁ
MI RÉ DÓ PÃ ESTÁ
PRESENTE TECEMOS PACARÁS EM MEIO
A PACARIS PACATAMENTE CAMINHAMOS
ATÉ UM CAMPO DE PACAVIRAS ENTRAMOS
NA PAÇOCA E DEIXAMOS QUE A ÁGUA NOS
CONDUZA PAGODEAMOS ENFEITAMO-
NOS COM PAIAS DEBAIXO DAS PAINEIRAS
FLORIDAS UM PERFUME DE
PAJURÁ PAIRA NO AR PINTAMOS UMA
PAISAGEM PITORESCA É UMA
PAIXÃO BEBEMOS
PAJUARI PALAVREAMOS NO
PLACO SOBRE AS PALHAS É UMA
PALHAÇADA TODOS BATEM
PALMAS VAMOS PARA O
PAINERAL COLHER
PALMITOS PALPITAM OS CORAÇÕES
PALPITOSOS COMEMOS
PAMONHAS VEM UM PANAPANÁ QUE
SE CONFUNDE COM AS PANDANÁCEAS É UMA
PÂNDEGA TOCAMOS PANDORA O VERSE
SE ALASTRA AS FLORESTAS SE
RECOMPÕEM É A TERNURA PERDIDA QUE
RETORNA É O RESGATE ESTE
PANORAMA NOS É REVELADO PASSEAMOS
PELOS PÂNTANOS MONTAMOS UMA
PANTOMIMA PAPAGAIOS SOBREVOAM OS
PAPARRAZ ENTRAMOS EM UM JARDIM DE
PAPOULAS NUMA ESPÉCIE DE

PARÁBASE PARECE UMA PARÁBOLA
PARADOXAL UMA PARAGRAFIA CAI
UMA PARAJÁ CANTAMOS UMA
PARALELÍSTICA CHEGAMOS A UM
PÁRAMO PARTICIPAMOS DANÇAMOS
UMA PARTITA É PASMOSO OUTROS
DANÇAM UMA PASSACALE EM CIMA DE UMA
PASSADEIRA POR ENTRE A
PASSARADA AGORA VÃO POR UMA
PASSARELA PASSARINHADAMENTE PAS
SEAMOS POR ENTRE PASSIFLORÁCEAS PASSO
A PASSO COMPOMOS UM
PASTICHO PERFUMAMO-NOS COM
PATCHULI PATICAMENTE FAZEMOS UMA
PATUSCADA PAULATINAMENTE UMA
PAUSA PAUSADA POR ENTRE PAVÕES PERTO
DE UM PAVILHÃO PAVONAÇO DENTRO É
PECILOCRÔMICO O CHÃO É DE PEDRAS-
D'ÁGUA DEIXAMOS ALI PEGADAS SURGE
PÉGASO EM UMA FONTE PRATICAMOS
PEGOMANCIA OS PELICANOS ANUNCIAM NA
LAMA PRATICAMOS
PELOMANCIA DANÇAMOS
PANAFIEL ATRAVESSAMOS UMA
PENÍNSULA POMO-NOS A PENSAR
ALTO NA PONTE PÊNSIL SOBRE O
MAR TOCANDO PENTACÓRDIO AO
LONGE PENTAFILÁCEAS NA
PENUMBRA PEÔNEAS E
PEPERÔNEAS CATAMOS
PEPITAS TOMAMOS LICOR DE
PEQUI ENCHEMOS OS PEQUIÁS DE
PERAS CHEGAMOS A UMA
PERAMBEIRA PERAMBULAMOS POR UM
PERAU PERCEBEMOS OS PEIXES
DANÇANTES NA ÁGUA PERCORREMOS
TODO O PERCURSO AO SOM DE UMA
PERCUSSÃO VAMOS NA

PERDITA COMO SE FOSSE UMA
PERERENGA É UM MOMENTO
PERENE PERFEITO ESTE É APENAS UM
PERFIL DA VIDA PERFULGENTE QUE
EXISTE TÃO PRÓXIMA ALÉM DO TEMPO
E DO ESPAÇO É SÓ UMA QUESTÃO DE
MOVIMENTO BAILAMOS EXALA UM
PERFUME DA MATA SENTAMOS EM UMA
PÉRGULA É MAIS UMA PERIPÉCIA OS
PERIQUITOS VOAM EM BANDO AVISANDO
QUE VAI CHOVER PERMANECEMOS ALI
BRINCANDO COM PÉROLAS JOGADAS AO
CHÃO PERPASSAMOS PARA UM OUTRA
DIMENSÃO NUM MOMENTO
PERPÉTUO TUDO É PERPLEXO PELA
SIMPLES PERPLEXIDADE DE
SER PERQUIRIMOS POR
PERSICÁRIAS PERSISTIMOS
PERSPICAZMENTE TUDO SE TORNA
PERSPÍCUO PERTENCEMOS PERTRANSI
MOS ROMPEMOS TAMBÉM SEM
PERCEBER COM A HISTÓRIA DO
TRANSITIVO E COM ISSO A HISTÓRIA DOS
OBJETOS ESTAMOS CONSEGUINDO ROMPER
COM TODAS AS HISTÓRIAS CHEGA DE ERA
UMA VEZ... OS PERUS PASSEIAM FAZENDO
GLU-GLU-GLU VAMOS POR UMA FLORESTA
PÉRVIA SEMPRE COM OS PÉS NO
CHÃO É A ENERGIA DA TERRA QUE NOS
ALIMENTA PISAMOS COM OS PÉS TODO NO
CHÃO SOMOS A PESCA E SOMOS OS
PESCADORES COMEMOS PÊSSEGOS NO
PESSEGUEIRO O CHÃO ESTÁ FORRADO DE
PÉTALAS PRATICAMOS
PETALOMANCIA NAS ÁRVORES OS
PETIGRIS FESTEJAM AS PETÚNIAS
FLORESCEM CHEGAM ALGUNS
PIÁS UM PIANÍSSIMO SOA AO

LONGE RODAMOS PIÃO NO
PICADEIRO UM PICA-PAU CONSTRÓE UMA
CASA PASSA UM BANDO DE PICÍDEOS NO
PIEMONTE TOCAMOS
PÍFAROS PINDALIZAMOS NO
PINDOBAL ESTAMOS EM
PINDORAMA CAI AINDA PINGOS DE
ORVALHOS DAS COPAS DAS ÁRVORES VAMOS
PARA O PINHEIRAL COLHER PINHAS DO
CHÃO ANDAMOS AOS PINOTES PIA
UM PINTASSILGO SOLTAMOS
PIPAS TOCAM PIPIA AO
LONGE ACENDEMOS UMA
PIRA PIRILAMPEAMOS POR ENTRE
PIRIQUITIS PRATICAMOS
PIROMANCIA TUDO FICA
PIROPO MERGULHAMOS NA
PISCINA TOCAM PISTOM COMEMOS
PITANGAS NAS PITANGUEIRAS PITAMOS UM
PITO MIRAMOS É UM CASO
PITORESCO PLACIDAMENTE PLANAMOS EM
UMA PLANCHA SOBRE O PLANETA AS
PLANTAS CRESCEM E SE ALASTRAM É O
MOVIMENTO VERDE DESLIZAMOS POR SOBRE
AS PLANÍCIES NUMA
PLATAFORMA SOBRE NÓS AS
PLÊIADES COM TODA
PLENIPOTÊNCIA É A PLENITUDE
PLENA E VIDA O VERDE TUDO FICA
PLÚMBEO SURGE PLUTÃO TOMAMOS
UMA POÇÃO MÁGICA DAI-ME
FORÇA DAI-ME PODER SOBE UMA
POEIRA DE FUMAÇA É UM
INCENSO PARECE UM POEMA ESCRITO NO
AR ASSISTIMOS AO POENTE É UMA
POESIA AO FUNDO UM
POLACA DANÇAMOS UMA POLCA SOB
UMA CHUVA DE PÓLEN APAIXONO-ME POR

TUDO O QUE VEJO OS OLHOS NÃO
PARAM TUDO É POESIA O TEMPO E O
VENTO O ESPAÇO E O
MOVIMENTO ESPEREI O SOL SE
PÔR FOI RADIANTE UM
POLICORDO TUDO É POLICROMIA DE
UMA POLIDEZ POLIDA AGORA TUDO É
POLIFONIA POR ENTRE
POLIGONÁCEAS É UM POEMA
POLIMÉTRICO ASSISTIMOS A UMA
POLINIZAÇÃO POLIRÍTMICA E
POLITONAL POLITONAMOS SURGE
PÓLUX AS POMBAS VOLTAM AOS
POMBAIS POMONA NOS GARANTE POMOS
POMPOSOS PONDERAMOS ATRAVESSA
MOS A PONTE AO LONGE O SOM DA
POROROCA É UM PORTENTO VOAM EM
BANDOS PORUTIS RECEBEMOS UMA POTABA
DAS POTÂMIDES AGORA SOMOS
POTAMITAS POR ENTRE
POTAMOGETONÁCEAS ENTRAMOS EM UMA
PRADARIA E VAMOS ATÉ A
PRAIA PRÁSINA TUDO COMEÇA A
FICAR PRATEADO VIVEMOS O PRAZER
PRAZEROSAMENTE A PRECIOSIDADE DE
CADA MOVIMENTO NO ALTO DE UM
PRECIPÍCIO PRECLARO SOMOS OS
PRECURSORES DE UMA NOVA ERA A ERA DA
PREDOMINÂNCIA DO VERDE DA
TERNURA PREEXISTENTE PREFULGEN
TE PRELUCIDAMENTE É A ERA DA
LUCIDEZ É O ENCONTRO DO CONSCIENTE COM
O INCONSCIENTE É O INCONSCIENTEMENTE
CONSCIENTE E O CONSCIENTEMENTE
INCONSCIENTE É A LUCIDEZ DA
LUCIDEZ É APENAS UM
PRELÚDIO PRELUZENTE ESTE É O
PRÊMIO É O PRENÚNCIO DA VIDA SÃO

OS PREPARATIVOS DA GRANDE FESTA QUE PRESENCIAMOS É O PRESENTE O AGORA O AQUI O PERPÉTUO MOVIMENTO UM MANTRA HAMONIA RITMO MELODI A PRESSENTIMOS PREVEMOS CO MO PREVISOS É A PRIMAVERA PRIMAVERIL QUE PRINCIPIA É O PRIMÓRDIO DE TUDO É A RETOMADA O RESGATE DESABROCHAM AS PRIMULÁCEAS AS PROCELÁRIAS ANUNCIAM UMA PROCELA QUE SE PROPAGA PROPÍCIA PARA UM BANHO QUE NOS PROPORCIONA UM PRAZER DE ENORMES PROPORÇÕES PROSSEGUIMOS

AVANÇA E VOLTA
CONTINUA
CONTINUA
AVANÇA E VOLTA
CONTINUA
CONTINUA

É UM CAMINHO PROTÉICO SOMOS PROTEUS SÃO METAMORFOSES PSICODÉLICAS O VENTO SOPRA UMA CANÇÃO VOAM PSITACÍDEOS PULAMOS DE ALEGRIA POR ENTRE PULSATILAS É UMA MIRAÇÃO PULSANTE TECEMOS PULSEIRAS E COLOCAMO-AS NOS PULSOS PULULAM FLORES PUNÍCEAS AR PURO ÁGUA PURA TERRA PURA É O MOVIMENTO VERDE O MOVIMENTO DO POVO DA FLORESTA É A PUREZA DA VIDA UM TOM PÚRPURO MESCLA O CÉU E O VERDE CONTINUA A SE ALASTRAR EM VÁRIOS TONS TERNAMENTE É TUDO O QUE A ARTE SONHOU E A MAGIA É O MOMENTO DO COMPARTILHAR ENCONTRAMOS "Y

OITO

DANÇAMOS HABANERA COM
HABILIDADE A TERRA É NOSSO
HABITAT COMPOMOS UM HAICAI E
PRATICAMOS HALOMANCIA SURGEM
HAMADRÍADES POR ENTRE
HAMAMELIDÁCEAS É UM
HAPPENING HARAGANEAMOS EM
HARMONIA AO SOM DE UMA HARPA
HARMONIOSA É UMA
HEAUTOGNOSE POR ENTRE
HELEBORINHAS HELIANOS HEMEROCA
LES HERNANDIÁCEAS HEURECA!
HEURECA! ATRAVÉS DA HIDROMANCIA
ADIVINHAMOS É HILARIANTE SURGE
HILÉIA VIVEMOS AGORA O
HILOZOÍSMO PRATICAMOS
HIPOMANCIA O SOL SURGE NO
HORIZONTE O JEITO É DANÇAR UMA
QUADRILHA OU PINTAR UM
QUADRO POR ENTRE
QUAPÓIAS QUARESMEIRAS E
QUARÓS QUÁ-QUÁ-QUÁ FORMAMOS UM
QUARTETO E DANÇAMOS QUATRAGEM AO SOM
DAS QUEBRANÇAS SEMEAMOS
QUEIJADILHOS AO SOM DE QUENAS POR
ENTRE QUENOPODIÁCEAS DEPOIS TOMAMOS
QUENTÃO SENTIMOS UMA
QUENTURA COMEMOS
QUIBEBE PARECE UMA QUIMERA VIVER
ASSIM AGORA UM QUINTETO QUE
CANTA DEBAIXO DE UM QUIOSQUE OUTROS
PRATICAM QUIROMANCIA ALGUNS
DANÇAM
QUIZOMBA ZIGUEZAGUEAMOS ZIG-
ZAGUEANDO ZIGUEZAGUEANTES DANÇA

MOS
SAMACUECA ZAMBIAPUNGA ZAMPARINA
É UMA
ZANGUIZARRA ZANZAMOS E DEPOIS
ZARPAMOS ZÁS! POR ENTRE
ZÉFIRO TOCANDO ZEUGO PELO
ZIMBRO ZINGAREANDO OS PÁSSAROS
ZINZILAM COLHEMOS
ZIRCONITAS ZIZIANDO ZUNI O VENTO

NOVE

AS IBABIRABAS
FLORESCEM IBIBOBOCAS PASSEIAM POR
SEUS GALHOS ENQUANTO ÍBIS SOBREVOAM
SUAS COPAS COMPOMOS UM
IDÍLIO PENETRAMOS DE IGARA NO
IGAPÓ PASSAMOS PELO IGARAPÉ ILUMINADO
POR IGARITEIROS DORMIMOS EM UM
IGLU A ANTUREZA IGNESCENTE AMANHECE
IGNIZAMO-NOS ILUTAMO-NOS NO
IGUPÉ IMACULAMO-NOS VAMOS ATÉ
A UMA ILHA PRÓXIMA DE PROPORÇÕES
ILIMITADAS TOCAMOS ILU TUDO SE
ILUMINA FAZEMOS UMA ILUSTRAÇÃO DA
IMAGEM QUE
IMAGINAMOS BALANÇAMO-NOS NOS
IMBÉS IMBICAMOS A IMBETIBA É UMA
IMENSIDÃO IMENSURÁVEL IMERGIMOS NO
ÍNTIMO DAS
ÁGUAS IMORTAIS IMPETUOSAS
UM IMPACTO PENETRAMOS NO
IMPENTRÁVEL IMPERCEPTIVAMENTE
É IMPRESSIONANTE A IMPRESSÃO
CAUSADA FICAMOS
IMPRESSIONADOS IMPOSTAMOS AS
VOZES E CANTAMOS UM
IMPROVISO INAUGURAMOS MAIS UM
INSTANTE
INCALCULÁVEL INCANDESCENTES I
NCENDIAMOS INCENSOS
INCESSANTEMENTE DESVENDAMOS O
INCOGNOSCÍVEL E SAÍMOS
INCÓLUMES É UM MOMENTO
INCONFUNDÍVEL INCOMPARÁVEL INCONT
IDO CONTORNAMOS O
INCONTORNÁVEL TUDO FICA

INCREMENTADO É INCRÍVEL SENTIMO-
NOS INCRIADOS INDEFINIDOS EM
UMA ITAOCA DESCEMOS POR UMA
ITAPECERICA BANHAMO-NOS NO
ITACARÉ SEGUIMOS O
ITINERÁRIO PASSAMOS POR ITORORÓ E
DESCEMOS SOB UM ITU PERTO DE UMA
ITUPAVA BEBEMOS
IUQUICÉ TOCAMOS RABABE NO RABAÇAL
COMEMOS RABANETES PRATICAMOS
RABDOMANCIA AO SOM DE RABECAS TUDO É
RADIANTE FLORESCEM
RAFLESIÁCEAS RAIA O SOL COM RAIOS
RADIOSOS SEGUIMOS POR ENTRE RAMAS
DE RAMIS OS RANFASTÍDEOS EM
BANDOS COLHEM FRUTOS POR ENTRE
RANUNCULÁCEAS CHEIRAMOS
RAPÉ OUÇO UMA
RAPSÓDIA PRATICO
RAPSODOMANCIA POR ENTRE
RAQUÉIS BEBEMOS
RATAFIA REACENDE EM NÓS A REALIDADE
DA VIDA AO SOM DE UM
REALEJO REASCENDEMOS REBOA AO
LONGE O REBRAMIR REBRILHANTE DE UM
RAIO ACOLHEMO-NOS EM UM RECANTO
RECENDENTE REDOLENTEMENTE SOBRE
UM RECIFE ASSISTIMOS A UM
RECITAL QUE VEM
RECONFIRMAR RECONHECEMOS AQUELE SOM
RECONTENTE RECORDAMOS AO SOM DO RECO-
RECO RECOSTAMO-
NOS RECREATIVAMENTE NAS
REDES O VENTO FORMA REDEMOINHOS AO
REDOR O REENCONTRO
ACONTECE ENTRE TODOS AQUELES QUE
BUSCAM É UM REFESTELO REFLETIMOS
AO REFLEXO DOS REFLETORES É O FENÔMENO

DO REFLORESTAMENTO TUDO
REFLORESCE REFRESCANTEMENTE É O
REFULGIR DE UMA NOVA ERA É O
REGALO UM REGALÓRIO BANHAMO-NOS
EM UM REGATO AO REGORJEIO DOS
PÁSSAROS AO LONGE UM
REGOUGO REGOZIJAMO-NOS O VERDE
ESPALHA-SE É A
TERNURA REJUBILAMO-
NOS REJUVENESCEMOS RELÂMPAGO
S DE
RELANCE RELAXAMOS RELEMBRANDO
AO RELENTO RELEVANTES FATOS QUE
NOS RELIGAM É RELUMBRANTE TUDO
RELUZ NA
RELVA REMANCISCANTE REMANSAMENTE
REMOMORAMOS REMERGULHANDO NA
MENTE REMEXENDO
REMINISCÊNCIAS REMIRAMOS É COMO
SE TUDO
RENASCESSE RENOVADAMENTE DUTO
SE IMPROVISA E REPERCUTE EM UM
REPERTÓRIO
REPENTISTA REPOUSAMOS À BEIRA
DE UM REPUXO PERFUMAMO-NOS COM
RESEDÁ VIEMOS RESGATAR A HERANÇA DA
VIDA A LIBERDADE É A
"RESIPISCENTIA" É O RESPLENDOR O
RESLUMBRAR SENTIMOS ALGUNS
RESPINGOS RESPIRAMOS FUNDO É
RESPLANDECENTE TUDO
RESPLANDECE RESPLENDIDAMENTE AO
RESPLENDOR RESSOA O CANTAR COM
RESSONÂNCIA TUDO CANTA TUDO
VIBRA É O RESSUSCITAR A
RESSURREIÇÃO O RESTABELECIMENTO DA
TERNURA É O RETORNO OUVIMOS
UMA RETRETA É UMA REVELAÇÃO UM

REVÉRBERO TUDO RELUZ TUDO
REVERDECE REVIGORADAMENTE DANÇ
AMOS UMA
REVIRA REVIVEMOS REVIVIFICAMOS
OS PÁSSAROS VOAM NUMA
REVOADA BANHAMO-NOS EM UM
RIACHO RIMOS E DANÇAMOS
RIGODÃO DESCANSAMOS POR ENTRE
RITEIRAS SUBIMOS EM UM ROCHEDO
ROCIOSO AO SOM DE UM ROCK-AND-
ROLL BRINCAMOS DE
RODA RODOPIANDO COMEMOS
ROMÃS AO ROMÃNZEIRAL NUMA
ATITUDE ROMÂNTICA ANDAMOS POR UM
ROSEIRAL DE ROSAS
RUBRAS PERFUMAMO-NOS COM
ROSMANINHO CANTA UM ROUXINOL O
CHÃO ESTÁ COBERTO DE RUBIS DANÇAMOS
UMA RUMBA SEGUINDO O RUMO DO VENTO
RUMOSO AO SOL RUTILANTE MIRO
TOUT EST BIEN
QUI FINIT BIEN

TATE
BOOM!

Josué Geraldo Botura do Carmo nasceu em 6 de junho de 1954 em Pinhal – SP. Filho de Hebe Botura do Carmo e Geraldo Ferreira do Carmo. Em 1978 casou-se com Alba Lucis Novaes com quem viveu aproximadamente cinco anos e com quem teve duas filhas: Ananda Novaes do Carmo e Alaia Novaes do Carmo. É avô de dois netos: Luiz Gustavo Novaes Teixeira de Salles e Santiago do Carmo Ligório. E duas netas: Maria Cristina do Carmo Marksteiner e Anna Rita do Carmo Marksteiner.

Pedagogo com habilitação em Administração Escolar de 1º e 2º grau e Magistério das Matérias Pedagógicas de 2º grau pela Universidade Federal de Minas Gerais – UFMG. Professor Facilitador em Informática Aplicada à Educação pelo Proinfo - MEC. Especialista em Mídias na Educação pela Universidade Federal de São João del Rei -UFSJ.

Printed in Great Britain
by Amazon